KB069811

진고로호 그림 에세이

퇴근 후
고양이랑 한잔

나를 위로하는 보드라운 시간

꼼지락

"다녀왔습니다."

퇴근 후 집에 도착해서 현관문을 여는 순간 다섯 마리의 고양이들이 우르르 쏟아져 나온다. 마중 나온 고양이들에게 인사를 하고 고양이 밥을 챙기고 청소를 한다. 옷을 갈아입고 맥주 한 캔을 꺼낸다. 몸이 지칠수록 퇴근 후 마시는 맥주 한잔이 간절하다. 배가 부른 고양이들이 만족스러운 듯이 꼬리를 살랑이며 내 옆으로 다가온다. 종일 답답하게 묶어놓았던 내 보이지 않는 꼬리도 긴장을 풀고 부드럽게 움직인다.

맥주 한 모금을 마시고 동그랗고 보드라운 고양이 등에 얼굴을 묻는다. 손가락으로 하얗고 따뜻한 앞발을 톡톡 건드린다. 그리고 너무나 별거 아니어서 누구에게도 꺼내기 어려운 이야기를 시시콜콜 털어놓는다.

"집에 오는 길에 너랑 닮은 삼색 길고양이를 만났어. 덩치는 작아도 마르지는 않아서 다행이야.”

“나 오늘도 힘들었다. 빨리 직장 그만두고 그림만 그리면 좋겠어.”

“이왕이면 금으로 된 똥을 싸주면 안 되겠니?”

푸념도 하고 실없는 소리도 내뱉는다.

고양이는 다 들어준다. 상냥하고 입이 무거운 바텐더처럼. 그깟 일로 힘드냐고 그렇게 약해빠져서 이 험한 세상을 어떻게 살아갈 거냐고 나무라지 않는다. 주인 없는 길고양이에게 눈길을 줄 시간에 일이나 더 하라고 면박을 주지도 않는다. 특별한 재주도 재산도 없으면서 어디서 직장을 그만두고 그림 그릴 생각만 하느냐고 한심해하지도 않는다. 그저 조용히 내 이야기를 들어준다. 그러다 기분이 내키면 “나옹” 하고 대답도 해준다. 손등을 가만가만 핥아주기도 한다. 무릎에 올라와서 다리에 쥐가 날 때까지 따뜻하게 날 데워준다.

나에게는 퇴근 후 고양이들과 함께하는 우리 집 식탁이 최고의 바가 된다. 맥주 한 잔과 다섯 마리 고양이와 함께하는 보드라움에 하루치 직장인의 피곤함이 사라져간다. 그렇게 고양이들과 함께하는 하룻밤이, 한 달이, 계절이, 1년이, 흘러간다.

아침이 다가온다. 마음을 굳게 먹고 출근할 준비를 한다. 가방을 메고 뒤를 돌아보니 아침밥을 먹은 고양이들이 그새 잠에 빠져 있다. 작고 까만 막내 코깜이만이 거실에 앉아 나를 물끄러미 쳐다본다.

"다녀올게."

기운을 내서 고양이에게 인사를 하고 집을 나선다.

오늘은 퇴근 후에 그림이 그리고 싶다. 졸음을 참으며 그린 그림 한 장이 더해지면 하루가 특별해질 것이다. 비슷비슷해 보이지만 자세히 보면 모두 다른, 기쁘다가도 슬픈, 슬프다가도 우스꽝스러운, 우스꽝스럽다가도 진지한 고양이 같은 날이 또 시작된다. 그런 날이 모여 내 삶이 된다. 그런 날을 모아 이 책을 만들었다.

진고로호

우리 집 가족 소개

이름 : 동동(7살)
별명 : 도라니(고라니처럼 통통 뛰어다녀서)
특징 : 사람에게는 상냥, 고양이에겐 까칠
특기 : 뒷발로 서서 집사 어깨 두드리고 도망가기
좋아하는 것 : 궁디팡팡
싫어하는 것 : 호순이

이름 : 고로(11살)
별명 : 고돌이
특징 : 상남자, 모난 것 없이 둥그런 성격
특기 : 장난감 뜯어 먹기, 면봉 씹어 먹기
좋아하는 것 : 먹을 것
싫어하는 것 : 배고픈 것

이름 : 코깜(3살)
별명 : 깜식이, 까망이, 깜이
특징 : 집사 진고로호 덕후, 우리 집 애교 담당
특기 : 문 열기
좋아하는 것 : 야밤에 화장실에서 노래 연습하기
싫어하는 것 : 큰소리, 낯선 사람

이름 : 진고(11살)
별명 : 진짱구, 오줌싸개
특징 : 훌륭한 피지컬 소유, 성격이 온화하고 상냥
특기 : 이불에 오줌 싸기
좋아하는 것 : 궁디팡팡과 멍 때리기
싫어하는 것 : 더러운 화장실

이름 : 호순(8살)
별명 : 순이, 뚠뚠이
특징 : 뛰어난 미모, 예민하지만 속정이 깊음
특기 : 핥아주기(사람, 고양이 가리지 않는다)
좋아하는 것 : 몸단장
싫어하는 것 : 동동이

이름 : 진고로호
별명 : 고양이엄마
특징 : 잘 웃고 잘 운다
특기 : 열심히 일해서 고양이 먹여 살리기
좋아하는 것 : 고양이와 침대에서 온종일 누워 있기
싫어하는 것 : 억지로 해야 하는 모든 것

차례

한 잔째

오늘의 내가
기특한 날에

두 잔째

조금은 알딸딸한 시선으로

세 잔째

사랑스러운
것들을
생각해본다

네 잔째

그래,
이 맛에
살지!

한 잔째

오늘의 내가
기특한
날에

위로의
냄새

일요일, 늦은 아침에 커피를 내린다. 집 안에 커피 향기가 퍼진다. 따뜻한 커피에 달달한 쿠키를 곁들인다. 커피 향을 맡고 호순이가 테이블 위로 올라온다. 고로는 테이블 한편에 자리를 잡고 누웠다. 아무리 천천히 마셔도 커피 잔은 언제나 금방 비어버린다. 식은 컵을 붙잡고 아쉬워하다 누워 있는 고로의 등에 얼굴을 대본다. 킁킁. 아, 커피 향기. 윤기나는 고로의 등에서 커피 향기가 은은하게 풍긴다. 옆에 있는 호순이의 냄새도 맡아본다. 난로 앞에 누워 있는 코깜이도. 오늘은 모두에게서 고소한 커피 향기가 난다.

미역

콩콩

장롱 속에 스웨터

핸드크림

고양이의 향기

인형 머리카락

곰돌이

상큼한 과일

청국장

...

　고양이 냄새를 맡는 걸 좋아한다. 부드러운 이마나 매끄러운 등에 코를 박고 킁킁거리면 맑고 화창한 날 햇볕에 잘 말린 이불 냄새가 난다. 장롱 속에 오래 놓아둔 스웨터 냄새가 날 때도 있다. 어찌 된 일인지 비가 오는 날에는 바닷가에서 떠밀려온 미역 줄기 냄새를 맡기도 했다. 어린 시절을 떠올리게 하는 마론 인형의 머리카락 냄새. 아주 오래전 외국에서 사온 곰돌이 인형 냄새. 핸드크림을 바르고 이마를 쓰다듬었는지 향긋한 향이 나는 날도 있고 상큼한 딸기 냄새를 맡은 적도 있다. 청국장처럼 구수한 냄새가 나는 날도 종종 있다. 기분이 내키면 일기에 그날 고양이에게서 맡은 냄새를 기록한다. 오늘은 이렇게 적어야겠다.

　"가을의 어느 일요일, 오늘의 고양이 냄새는 기분 좋은 커피 향. 행복과 여유의 향기." 🐾

고양이가 있는
풍경

외갓집 대청마루

나란히 앉은 커다란 고양이와 나.

작고 신 포도가 영그는 계절

포도를 먹으며 고양이와 함께 마당을 바라봤다.

손으로는 가만가만 고양이의 줄무늬 등을 어루만졌다.

암고양이인지 수고양이인지

눈빛이 어떤 색이었는지 기억나지는 않지만

손바닥에 닿은 등이 넓고 부드러웠다.

어린 나의 칠칠치 못한 쓰다듬에도 얌전했던 고양이는

오래전 자취를 감추고

그 집도 곧이어 허물어지고

고양이 밥을 챙기던 외할머니도 지금은 세상에 계시지 않는다.

다섯 살 진고로호

그러나

여전히 나는 너와 그 마루 위에 앉아 있다.

어쩌면 아주 작은 고양이였을지도 모르는 너.

우리의 시간은

지금도 고요하고 아름다운 순간으로 빛나고 있다.

한밤의
설거지

목요일 저녁, 설거지가 쌓였다. 월, 화, 수 3일이나 설거지를 못해서 찬장의 그릇이 모두 싱크대에 나와 있다. 고무장갑을 낄 엄두조차 나지 않아 눈을 질끈 감고 돌아섰다. 방금 저녁밥을 두둑하게 먹은 코깜이가 담요 위에 누워 부른 배를 드러내고 있다. 우리 코깜이 예쁘기도 하지, 부드러운 배에 손을 가져댄 순간 어느새 길게 자라 있는 내 손톱이 눈에 박힌다. 쌓인 설거지가, 길게 자란 손톱이 지금의 내 상황 같다. 출근과 퇴근만으로도 벅찬 하루. 돌보지 못한 일상. 지저분한 것이 쌓인다. 집도 내 마음도 얼룩진다. 우울한 기분으로 침대에 누우려는데 이대로는 안 되겠다 싶었다. 피곤하지만 부엌으로 나와 설거지를 시작했다.

싱크대에 설거지가 산처럼 쌓여 있다.

발라당

손톱이 길게 자라 있다.

너저분

내 마음처럼.

　지친 몸으로 집에 돌아와 고양이들 밥을 챙기고 곧바로 잠드는 밤. 퇴근 후 억지로 참석해야 하는 모임에 끌려가서 늦게 집에 돌아온 밤. 졸음을 참고 그림을 그리는 밤. 그런 밤들에 밀려 설거지는 계속 쌓일 것이다. 알람을 몇 번이나 끄고도 정신을 차리기가 힘든 아침, 버스를 놓치지 않기 위해 심장이 터져라 뛰는 아침. 한 달에도 몇 번씩이나 돌아오는 새벽 출근 때문에 해가 뜨기도 전에 집을 나서야 하는 아침. 그런 아침들에 밀려 손톱 깎는 것을 깜박할 것이다. 하지만 오늘은 어찌 됐든 지저분한 것을 치워야겠다. 한밤의 기나긴 설거지를 마치니 자정이 가까웠다. 조용한 방 안에서 손톱을 깎았다. 내일이면 지저분한 것들이 또 쌓이고 자라겠지. 그래도 오늘은 있는 힘을 다했다. 🐾

손톱도 깎았다.

나는 왜?

내일이면 또 쌓이겠지만 내 일상을 내 마음을
오늘도 그냥 내버려둘 수는 없어.

일단
눕자

그리스 신화에 나오는 세이렌은 아름다운 목소리로 뱃사람을 홀렸다. 그 노랫소리를 들은 뱃사람들은 바다에 뛰어들고 배는 난파됐다. 우리 집에는 세이렌은 없지만 코깜이가 있다. 퇴근하고 돌아오는 내 몸과 마음은 무겁다. 사무실에서 이미 지칠 대로 지쳤는데 집에 와서도 할 일이 많다. 청소도 해야 하고 인터넷 쇼핑도 해야 하고 그림도 그려야 하고, 고양이들과 놀아주고 내일 사무실 출근할 걱정도 해야 한다. 길고 긴 끝나지 않을 항해에 나는 지쳐 있다.

냥냥

퇴근하고 집에 들어서자마자 코깜이의 유혹은 시작된다.
다른 고양이들의 만류에도 불구하고 나는 코깜이의 노랫소리를 따라간다.

그러다 문을 열고 코깜이와 마주친다. 까맣고 못생긴 코깜이 입
에서 꾀꼬리 같은 야옹 소리가 흘러나온다. 냐아옹 냐아 냐아옹 냐
옹~♪ 코깜이는 노래를 부르며 나를 안방으로 데려간다. 가방도 제
대로 정리하지 못하고 다른 고양이들이 달려들어도 나는 코깜이에
게 이끌려 안방 문을 연다. 코깜이는 침대 한복판에서 강력하게 나
에게 마법을 건다.

직장에서의 힘든 기억도, 오늘 해야 할 집안일도,
내일 출근할 걱정도 모두 잊고 깊고 깊은 침대 한가운데로 침몰한다.

"이쪽으로 와, 진고로호. 이제 너는 평화로울 거야."

침대에 뛰어들어 코깜이를 안으면 눈이 감긴다. 바다 깊숙이 침몰한다. 걱정할 것 없는 그곳으로 가라앉는다. 새벽에 눈을 뜨면 나는 다시 바다 위로 떠올라 있다. 하룻밤의 난파선. 달콤하다. 매일 밤 코깜이와 함께 가라앉고 싶다. 🐾

안방
침공!

〰〰〰〰

우리 집에서 고양이들이 가장 좋아하는 장소는 안방이다. 열한 살 먹은 '진고'는 오줌싸개다. 침대 위에서 오줌 싸는 것을 제일 좋아한다. 그래서 안방의 문은 항상 닫혀 있다. 밤에만 안방에 들어와야 울음을 그치는 고로, 코깜이, 호순이를 들여보낸다. 그렇게 문을 닫고 살다 보니 환기도 힘들고 답답하기도 해서 큰마음을 먹고 방묘문을 설치했다. 새 세상이 열렸다. 힘이 장사인 고로도 방묘문을 열지 못했다. 안방 침대에 누워서도 거실에 있는 고양이들을 지켜볼 수 있었다. 여름에 통풍도 수월하게 할 수 있겠구나, 신났다. 이렇게 좋은 걸 몰라서 그동안 방문을 꼭꼭 닫고 살았구나. 가끔 코깜이가 방묘문을 타고 오르긴 했지만 별일 없었다.

방묘문 덕분에 나는 자유를 얻었다.

그러던 어느 날, 여느 때처럼 방묘문만 닫고 샤워를 하러 갔다. 콧노래를 흥얼거리며 씻는데 이상하게 밖이 너무 조용했다. 뜨거운 물을 끼얹고 있었음에도 갑자기 등골이 서늘해졌다. 불길한 예감에 화장실 안의 열기가 단숨에 식는 것 같았다. 벌거벗은 상태로 물을 뚝뚝 흘리며 화장실에서 뛰쳐나왔다. 방묘문이 활짝 열려 있었다. 고양이 다섯 마리가 안방을 점령했다. 침대 한가운데에서 진고는 엉덩이를 흔들며 오줌 싸는 자세를 잡고 있었다. 위기일발의 순간에 맨몸으로 진고를 잡았고 매트리스가 더럽혀지는 일을 막았다. 하지만 방묘문을 여는 기술을 터득한 코깜이는 막을 수가 없었다. 그날 이후 방묘문은 무용지물이 됐다. 닫는 족족 코깜이가 귀신같이 문을 열었다. 방묘문 틈에 하얀 양말을 신은 앞발을 넣은 다음 온몸에 힘을 실어 당기면 끝. 환기와 자유도 이렇게 끝. 🐾

망연자실

핫피플 되는
방법

       진고로호 씨는 요즘 한창 핫하다고 소문이 난 카페에 갔다. 그리고 이내 눈이 휘둥그레졌다. 세련된 옷차림의 멋쟁이 핫피플이 가득했기 때문이다.

     진고로호 씨는 순간 자신의 초라한 옷차림을 의식했다. 손질하지 않은 머리카락은 거칠었다. 오래 신어 낡은 신발에서는 냄새가 날 것 같았다. 핫한 공간, 핫한 사람들 사이에서 자신만 핫하지 않았다.

와! 멋있는 사람들

．．．

집에 돌아온 진고로호 씨는 핫플레이스에 어울리는 핫한 사람이 되자고 결심했다. 우선 또 다른 핫한 카페를 검색했다. 그다음에는 옷장을 열었다. 진고로호 씨의 옷장에는 세련된 옷은커녕 당장 입을 만한 옷가지도 별로 없었다. 가방도 없었다.

진고로호 씨는 애가 탔다. 정녕 내가 핫해질 수 있는 방법은 없는 것일까? 그리고 자신의 눈앞에서 냐옹거리고 있는 고양이 다섯 마리를 보고 무릎을 쳤다.

카페를 고른다.

옷을 고른다.

옷이 없다면 고양이를 고른다.

       ...

1번 고양이는 아름다웠지만 무거웠다. 2번 고양이의 털은 블랙 앤 화이트에 초록 눈이 보석처럼 빛나 고급스럽기까지 했으나 한 팔로 도저히 들 수가 없었다. 3번 고양이는 유럽풍의 심플하고 단아한 스타일이었으나 오줌싸개였다. 4번 고양이는 미모가 떨어지지만 윤기가 흐르는 검은 코트가 모던한 느낌을 주었다. 게다가 가벼웠다. 5번 고양이는 개성 있는 줄무늬가 인상적이고 모델처럼 군살이 없었다. 고심할 것도 없이 진고로호 씨는 4번 고양이를 오른팔에 5번 고양이를 왼팔에 안았다. 그리고 검색해둔 핫한 카페에 도착했다. 진한 아메리카노를 시키고 테이블에 앉았다. 양팔에 안긴 고양이들이 몸을 비비 꼬며 울부짖었다. 카페에 있는 사람들의 시선이 일제히 진고로호 씨에게 향했다. 진고로호 씨의 뺨은 점점 핫해졌다. 진고로호 씨의 마음도 핫해졌다. 핫해지는 건 이렇게 마음이 불편한 일이구나, 진고로호 씨는 그렇게 생각했다. 🐾

"어머, 저기 좀 봐!"

"이게 아닌데….."

효심 가득한
고양이 선발전

◆◆◆◆◆◆◆

　　한때는 우리 집 고양이들만 유난스러운 것 같다고 생각했다. 장판을 뜯어 먹고 커피를 마시려고 앞발을 담그는 녀석들이 이해가 가지 않았다. 이불에 오줌을 싸고 오뎅꼬치의 털을 꾸역꾸역 삼키는 이상한 행동도 버거웠다. 하룻밤에 세 녀석이 돌아가며 오줌을 싸고 토하고 마루에 똥칠을 했을 때는 미쳐버릴 것 같았다. 밤에 같이 있고 싶다고 안방 문밖에서 동네가 떠나가라 울어대는 통에 눈 밑에 다크서클도 짙어졌다. 얌전하고 순한 고양이가 되어주길 바라는 마음을 버리는 데 상당히 오랜 시간이 걸렸다.

······

　그러다 이사하던 날, 문밖으로 뛰쳐나간 진고를 찾느라 한 시간 동안 울며불며 아파트 단지를 뛰어다녔을 때 욕심을 반절 버렸다. 다음 해 진고가 곡기를 끊고 수액을 맞아가며 아팠을 때 남은 반절을 버렸다. 이제는 더 이상 착하고 순한 고양이가 되길 바라지 않는다. 건강하게 잘 먹고 잘 싸는 것. 말썽을 부려도 오줌을 싸도 좋으니 내 손길을 받고 한껏 그르렁대는 것. 평균 수명까지 살아주면 고맙겠지만 만약 그렇지 못하더라도 사는 동안 원 없이 내 사랑을 받아주는 것. 그냥 지금 내 옆에 있어주는 것만으로도 진고, 고로, 호순이, 동동이, 코깜이는 이 세상 최고의 효묘다. 효묘 만세! 🐾

그대,
눈을 떠라

우리 집에는 1년 내내 월동 준비를 하는 고양이 두 마리가 있다. 지금 당장 동면에 들어가도 몇 달간 너끈할 것처럼 포동포동 살이 오른 고로와 호순이. 야생에 사는 것도 아닌데 왜 그리 지방을 축적하려고 하는 것일까. 정말 미스터리다.

언뜻 보면 물범 같고 곰 같고 그렇다. 온몸이 동그래서 안으면 미끄덩 손안을 빠져나간다. 고로는 뱃살 때문에 똥꼬 그루밍도 포기했고 호순이는 몸매가 딱 웰시코기다.

...

　　오랫동안 나는 통통함을 멀리하려고 했다. 내가 통통하기 때문이다. 군살 없고 날씬한 몸매를 동경했다. 미의 기준은 확고했다. 호리호리함이 곧 아름다움이었다. 고로와 호순이를 돼냥이라고 놀렸다. 하지만 나도 모르게 감각이 바뀌고 있었다. 누가 봐도 평균 체형인 코깜이에게 자꾸 밥을 더 먹이고 싶다. 동물병원에서도 정상 체형이라던 동동이가 자꾸 말라 보인다. 육덕진 호순이의 뒤태에 자꾸 눈이 가고 고로가 뱃살을 출렁거리며 밥을 먹으러 달려오는 모습에 미소가 절로 나온다. 고양이는 통통하면 이렇게나 귀여운데 왜 사람 사이에서는 날씬함이 각광받는지 억울하기도 하다. 건강을 위해서 어쩔 수 없이 밥 양을 조절해주지만 건강이 허락하는 한에서 통통함을 잃지 않았으면 좋겠다. 🐾

언제까지 날씬함에 집착할 것인가.
고양이를 사랑하는 그대, 눈을 떠라!
통통한 고양이가 아름답듯이 통통한 우리도 아름답다!

도망치지
않을 거야

　다른 사람의 모습에서 나를 봤다. 그 사람은 화가 많이 나 있었다. 같은 일을 하는데도 본인 일이 더　많다며 불평했다. 점심시간에는 다른 이들의 흉을 보다가, 자신이 힘들다며 하소연했다. 나도 예전에 그 사람과 같은 업무를 했다. 그때 나도 딱 저런 모습이었다. 사무실에서 아니 세상에서 내가 제일 힘든 것 같았다. 틈만 나면 힘들다 찡그리고 짜증난다는 소리를 반복했다. 지금 생각해도 힘든 상황이었지만 힘들다고 짜증을 내서 내게 좋은 일은 하나도 없었다. 그럴수록 모든 일이 한층 더 힘들게 변해갔다.

한때는 그랬다.

나만 혼자 힘든 것 같았다.

매일 도망치고 싶었다.

언젠가는 이 일을 그만두겠다는 생각은
변함없지만 마음가짐이 달라졌다.

꼭 올 거야 그날이

안녕히 계세요.
그동안
고마웠습니다.

안녕

꾸벅

고맙다냥

힘들어도 묵묵히 참고 견디고 싶다.
내가 좋아하는 일을 하기 위한 준비가 됐을 때
웃으면서 남은 이들에게 작별 인사를 하고 싶다.

...

이제야 나만 힘든 게 아니었다는 사실을 깨달았다. 같은 사무실 안에서 내가 바쁠 때 잡담을 하던 이들도 각자의 업무를 하면서 힘들었을 것이다. 사무실 밖으로 시선을 돌려도 마찬가지다. 나보다 더 행복해 보이는 사람들 모두 자신만의 짐을 지고 있다. 살아 있다는 것 자체가 힘든 일인데 어느 삶이 더 무겁고 가볍고를 어떻게 지레짐작할 수 있을까.

마음가짐이 달라지자 직장에서의 하루도 달라졌다. 힘들다는 생각이 들수록 더 웃으면서 생활했다. 불평 대신 웃음으로 하루를 버텼다는 생각에 마음이 뿌듯했다. 이곳에서 근무하는 동안은 성실하게 최선을 다해서 일하고 싶다. 내가 좋아하는 일을 하면서 살 준비가 됐을 때 웃으면서 안녕을 고하고 싶다.

"그동안 이곳에서 일하면서 인내하는 법을 배웠습니다. 자신의 일에 온전히 책임지는 법을 배웠습니다. 힘든 시간도 모두 내 소중한 시간임을 배웠습니다. 고맙습니다. 안녕히 계세요."

그렇게 인사할 수 있는 날까지. 🐾

사직서

지금의 직장을 다닌 지난 6년 동안 나는 끊임없이 그만둬야겠다는 소리를 했다. 어느 부서로 가고 싶으냐고 물으면 집으로 가고 싶다고 대답했다. 처음에는 단순히 일이 고돼서 그만두고 싶었는데 시간이 지나면서 하고 싶은 일이 생겼다. 지금은 직장을 관두고 그림만 그리고 싶다. 그 마음이 점점 커진다. 그림을 그려서 먹고살 수 있을 정도의 실력을 갖고 있는 것도 아니면서 자꾸 그림만 그리고 싶으니 대책이 없다. 이러지도 저러지도 못한 채로 지내다 이번에 드디어 마음에서 강력한 목소리가 들렸다. 어차피 한 번뿐인 인생 가난해도 좋아하는 일을 맘껏 해보자. 퇴직금도 계산해봤다. 빚을 조금 갚고 나머지는 1년 동안 그림만 그릴 수 있도록 생활비로 써야지. 그 뒤에는 어떻게 먹고살지 막막했지만 가슴이 심하게 두근거렸다.

가슴이 두근거렸어.

이제는 때가 됐어.

돈이 마음에 걸리기는 했지만
1년 정도는 그림만 그릴 수 있어.

드디어 사표를 낼 시간.

···

　　주위 사람들에게도 하나둘씩 나의 계획에 대해 말했다. 마지막으로 엄마와 통화를 했다. 일을 하면 스트레스로 몸이 많이 아픈 것을 가족들도 알고 있으니 이번에는 엄마도 어쩔 수 없을 것이다. 엄마는 내가 전화를 해서 운을 띄우자마자 직장을 그만두려 한다는 사실을 짐작했다. 엄마와의 긴긴 통화 끝에 나는 사직서 낼 시간을 유예했다. 1년만 더 일하라는 간곡한 엄마의 부탁. 이렇게 또 나의 결심이 꺾였다. 엄밀히 말하면 엄마 때문에 마음을 바꾼 것은 아니었다. 엄마와 이야기하면서 1년 동안 열심히 그림만 그린 다음에는? 내가 품고 있던 미래에 대한 불안감이 터져나왔다. 그다음에는 어떻게 먹고살건대? 엄마의 물음에 나는 아무 대답도 할 수가 없었다. 1년 뒤에 다시 그만둔다고 할 때 엄마는 아마 똑같은 질문을 할 것이다. 나는 그때 뭐라고 답을 해야 할까. 나는 그 답을 찾을 수 있을까? 🐾

응원은 아니어도 이해는 받고 싶어
엄마에게 전화했다.

현실을 일깨워주는 엄마의 말.

간곡한 부탁.

오늘도 날아간 나의 사직서.

새우와
나

그런 날이 있다. 온종일 물 한잔 제대로 마시지 못한 날. 화장실도 참다 참다 겨우 다녀온 날. 그렇게 일을 하고도 야근 준비를 해야 하는 날.

그런데 갑자기 회식을 가자고 한다. 할 일이 남았다고 손사래를 쳐도 소용없는 일. 책상도 정리하지 못하고 그대로 끌려갔다. 오늘의 메뉴는 회. 술은 약을 먹는다고 몸이 아프다고 읍소해서 어떻게든 피했는데 생새우 먹기에 당첨됐다. 내가 몸이 약한 게 잘 먹지 않아서 그런 거라며 같이 간 상사들이 많이 먹으라고 챙겨주셨다. 사무실에서만 안 먹고 사무실 밖에서는 엄청 잘 먹는다고 말해도 막무가내였다.

먹힌 것이 새우인지 나인지.

．．．

나를 위해 살아 있는 새우를 탁탁 쳐서 기절시키고 껍질을 벗겨 접시에 놓아주셨다. 생새우는 미끄덩거리는 질감 때문에 먹지 않는데 몇 번이나 거절해도 모두의 시선이 내 접시 위에 놓인 미끈한 새우에 고정돼 있었다. 결국 억지로 새우 한 마리를 삼켰다. 미끄덩. 조금 전까지 엄청난 생명력으로 날뛰던 새우는 미끈거리는 덩어리로 변했다. 그렇게 미션을 통과했다고 안심했는데 새우 두 마리가 더 접시로 옮겨져 왔다.

돈을 버는 것은 싫어하는 일을 참는 대가라는 사실이 목구멍을 넘어가는 새우만큼이나 확실하게 느껴졌던 금요일의 회식. 🐾

고양이라서
다행이야

일어날 수 없는 일을 상상하는 것을 좋아한다. 주위에 아이를 키우는 친구들을 보면서 내가 고양이 대신 아이를 낳아 키웠다면 그 아이가 벌써 초등학교 5학년은 되었으리라는 걸 깨닫고 깜짝 놀랐다. 자연스레 머릿속에서 고양이들이 초등학교에 다니는 모습을 떠올렸다. 가방을 메고 현관 앞에서 "학교 다녀오겠습니다"를 외치는 진고, 고로, 호순이의 모습은 얼마나 귀여울까. 생각만 해도 미소가 지어진다. 세 마리를 학교에 보내고 아직 미취학 아동 아니 미취학고양이인 동동이와 코깜이를 보살피는 나. 집 안 청소를 하고 닭 가슴살로 애들 간식을 만들고 같이 점심을 먹는 광경. 고양이들이 학교에서 돌아올 때를 기다리며 그림을 그리다가 현관문이 열리면….

...

　평온한 마음으로 상상을 즐기다 그다음 일을 떠올리니 고개가
저어진다. 남의 사료를 뺏어 먹는 것이 취미인 고로는 학교에 가서
도 친구들 간식을 몽땅 뺏어 먹겠지. 오줌싸개인 진고는 뭐 더 상상
하기도 싫고 까다롭고 예민한 호순이는 주위 친구들의 작은 놀림
에도 울음을 터뜨릴 것이다. 고로의 담임선생님께 사과하고 진고의
냄새나는 바지를 빨고 우는 호순이는 달래고. 웃으면서 시작한 상
상이 피곤함으로 마무리된다. 고양이라서 다행이다. 🐾

사랑의 춤을
춤시다

추운 겨울날 몸을 한껏 웅크리고 길을 걷다 요염한 고양이 울음소리를 들었다. 주위를 둘러보니 주차장 한편에 삼색 고양이가 차가운 아스팔트 위에서 몸을 배배 꼬고 있었다. 용케 햇빛이 드는 공간이었다. 냐아옹 소리가 귀여우면서도 섹시했다. 혼자 저러고 노는 건가 귀여워서 한참을 바라보니 얼굴이 큰 고양이가 한 마리 더 있었다. 삼색 고양이와 겨울 햇살을 쬐고 있었다. 삼색 고양이는 이쪽으로 발랑 저쪽으로 발랑거리며 노래를 부르고 얼굴 큰 고양이도 얼굴을 바닥에 부비고 있었다. 그들의 찬란한 한때였다. 내가 아는 것, 눈에 보이는 것이 전부가 아닐 거라는 생각이 드는 순간이었다.

차가운 아스팔트 위 한 뼘의 햇빛 아래
길고양이들이 사랑의 눈맞춤을 하고 있었다.

　가끔은 차라리 태어나지 않는 게 낫지 않을까, 하는 생각이 들
정도로 가혹한 길 위에서의 삶. 수많은 고양이들이 그렇게 태어나
힘든 하루를 보내다 생이 꺾이지만, 한겨울 겨우 한 뼘의 햇빛 아래
서도 그들은 사랑의 춤을 춘다. 그러니 인간들이여, 고양이에게 부
끄럽지 않게 서로 사랑합시다. 아무리 차가운 바람 속에서도 살아
있음을 기뻐합시다. 🐾

인간들이여, 우리도 고양이처럼 사랑합시다.
한 뼘의 햇빛 아래 다 같이 춤을 춥시다.

이렇게 보드라운
죽음이라니

살면서 큰 용기가 필요할 때 나는 죽음을 생각한다. 누구에게나 다가올 끝을 생각하면 어쩐지 마음이 편해진다. 내 발목을 잡는 삶의 장해물들이 먼지처럼 느껴진다. 내가 가장 사랑하는 것의 모습으로 죽음이 다가오면 좋겠다.

한밤중 귓가에 속삭이는 소리에 눈을 뜨니 내 옆에 있는 까만 고양이. 코깜이를 닮은 그 고양이가 나를 데리러 온 사자라던가. 친절하고 다정한 고양이가 생의 마지막 소원이 뭐냐고 물으면 맛있는 커피를 내려달라고 부탁한다. 테이블에 나란히 앉아 고요한 마음으로 커피를 마신다. 후회되는 일은 없느냐고 묻기에 지난 세월을 돌아본다. 내 마음대로 쉽게 되는 일이 없는 인생이었지만 생각하는 대로 살기 위해 용기를 내야 할 때 물러서지 않았다. 그래서 후회는 없다고 말하고 싶다.

죽음이 찾아왔다.

까맣고 작은 죽음이 내게 마지막 소원을 물었다.

죽음 덕분에 지난 삶을 돌아보았다.

죽음이 보드라운 앞발을 내밀었다.

잔을 비우고 나자 이제는 시간이 다 되었다고 고양이가 말한다. 작고 하얀 앞발을 나에게 내민다. 이렇게 보드라운 죽음이라니. 죽음 뒤에 무엇이 펼쳐지든 그게 지옥이든 끝을 알 수 없는 어둠이라고 해도 이 작은 발이라면 두려움 없이 잡을 수 있을 것이다. 🐾

이별에는
고양이

남자친구와 이별을 한 J가 허전한 마음을 달래기 위해 우리 집에 왔다. 고양이를 좋아하지 않는 J는 처음에 고양이가 곁에만 와도 깜짝 놀랐다. 점심을 먹고 차를 마시면서 이별에 대해 수다를 떨었다. 시간이 흐르면서 J는 고양이가 있는 풍경에 차츰 적응했다. 크리스마스가 지난 다음이어서 밖은 춥고 집 안은 따뜻했다. 노란 조명만이 켜진 실내는 부드럽고 은은했다. 낯선 이의 방문에 놀라 긴장한 고양이들도 어느새 각자의 자리에서 단잠에 빠졌다.

이별의 아픔을 겪고 있는
J에게서 전화가 왔다.

에구 너 힘들었겠다

그래서 글쎄 재잘재잘

이 고양이가 고로야?

고로가 너 좋아하나 봐.

인스타에 올려야지

어머, 정말 귀엽다.

한참 이야기를 나눈 후에는 작게 음악을 틀어놓고 책을 읽었다. 서로 책을 읽다가 할 이야기가 생각나면 책에서 눈을 떼고 나지막이 대화를 나눴다. 상처받은 마음을 안고 우리 집에 온 J는 저녁 무렵이 되자 한결 편안한 기분이 되었다고 말했다. 고양이들이 조용하게 잠을 자는 것을 바라보니 어지러운 머리가 깨끗해졌다고. 다음에도 또 오겠다며 우리 집을 떠난 J는 그 뒤로도 몇 번이나 다시 고양이들을 찾았다. 방금 탄 커피에 고양이털이 떠다니는 것도 하룻밤 자고 나서 이불을 털었는데 고양이털이 풀풀 날리는 일도 다 감당해냈다. 고양이들도 J와 많이 친해졌다.

81

이별의 아픔을 달래주는 고양이의 마법.

  고로는 J의 무릎에 폴짝 뛰어오르기도 했다. 놀란 J가 밀쳐서
무릎에 안착하지는 못했지만 계속 J의 곁을 맴돌았다. 고양이들에
게 잔뜩 위로받은 J는 지금 새로운 사랑을 하고 있다. J가 자주 집
에 놀러오지 않아 섭섭하지만 그래도 행복한 J를 볼 수 있어서 기
쁘다. 🐾

내가 꿈꾸는
작업실

떠올리기만 해도 마음이 설레는 단어가 있다. "작업실." 퇴근을 하고 집에 돌아와서도 내일 출근할 일이 걱정될 때 작업실을 생각한다. 햇빛이 잘 드는 따뜻한 공간. 나지막이 깔린 음악에 마음이 편안해지는 공간. 언젠가 그런 곳에 작은 진고로호 작업실을 만들고 싶다. 은은하게 커피 향이 떠도는 아침에는 열심히 그림을 그리고 점심을 먹고 난 후 나른해지면 소파에 앉아 책을 읽고 싶다. 조금 더 욕심을 내자면 근처에 산책할 수 있는 공원이 있으면 좋겠다. 어두워지기 시작하면 오늘의 작업을 마치고 가벼운 마음으로 집으로 돌아올 수 있는 나의 작업실.

내가 꿈꾸는 장면이 현실이 될 그날을 위해서 마음에 남은 스트레스를 의식적으로 털어버린다. 눈이 감기지만 자기 전 30분 그림을 그린다. 사는 것에 치여서 금방이라도 날아가버릴 것 같은 꿈을 놓치지 않겠다고 다짐한다. 🐾

인생에서 소중한
두 가지

지금 생각하면 웃기지만 몇 년 전 장염으로 사람이 죽을 수도 있겠구나 싶었다. 순간적으로 내가 죽을지도 모른다고 생각하니 다른 모든 건 까맣게 사라지고 머릿속에 고양이와 그림만 남았다. 덩치가 산만 하고 성격도 까다로운 고양이들을 나 말고 누가 맡아서 키워줄 수 있단 말인가. 밤에 운다고 엉덩이를 찰싹찰싹 때리고 가끔 양치질도 못해주는 모자란 집사지만 내가 사라지면 고양이들은 순식간에 천덕꾸러기가 될 것이다. 고양이와 함께 그림이 떠올랐다. 그리고 싶었으나 미처 그리지 못한 나의 그림. 내가 없어도 세상에 길이길이 남을 명작을 그리지 못해서가 아니다. 너무나 그리고 싶은 것이 많았다.

몇 년 전 장염을 심하게 앓았다.

화장실에 기어갈 정도로 아팠다.

계속되는 설사로 탈진이 왔다.

죽은 목숨 같았다.

이미 수백 번을 그린 우리 털북숭이 고양이들도 계속 그리고 싶고 작은 꽃과 나무, 새와 곤충, 계절의 변화도 그려야 한다. 내 머릿속에서 자꾸 떠오르는 사소한 이야기들도 그리고 싶다. 아직 그림으로 만들어지지 못한 이미지들이 내 발목을 잡는다. 장염으로 깨달은 내 인생의 소중한 두 가지. 고양이와 그림. 🐾

장염으로 깨달은
내 인생 가장 소중한 것.

집에
가고 싶은 날

파란 하늘이 눈부신 가을날이었다. 점심 식사를 마치고 커피를 사서 동료들과 공원에 들렀다. 공기는 맑고 놀이터에 듬성듬성 떨어진 낙엽이 예뻤다. 마음이 집으로 달려간다. 그 어떤 것과도 바꿀 수 없는 집에서의 하루가 그립다. 이를테면, 충분히 자고 자연스럽게 눈이 떠지는 시간에 일어난다. 정신이 들면 바로 창을 열고 청소기를 돌린다. 배고프다고 야옹거리는 고양이들의 아침밥을 챙기고 나면 나도 커피와 함께 아침 겸 점심을 먹는다. 커피를 마시고 나니 머리가 맑아진다.

...

 배부른 고양이들은 하나둘씩 낮잠에 빠지고 나는 그때를 틈타 그림을 그린다. 음악을 틀어도 좋고 때로는 베란다 밖에서 들리는 새소리, 지나가는 아이들 웃음소리, 건너편 학교에서 울리는 리코더 소리에 귀를 맡긴다. 그림을 그리다 지치면 책을 읽기도 한다. 어둠이 내리기 시작하면 고양이들이 하나둘씩 낮잠에서 깨어난다. 하던 작업을 정리하고 저녁을 먹기 전에 가볍게 운동을 한다. 밖에 나가서 걷기도 한다. 아침과 마찬가지로 고양이 밥을 먼저 챙기고 저녁을 먹는다. 저녁 식사 이후에는 낮에 그리던 그림을 마무리하거나 텔레비전을 보거나 인터넷을 한다. 자기 전에 고양이 간식을 챙기고 양치질을 해준다. 오늘 하루도 별일 없이 하루가 끝나간다. 그 어떤 것과도 바꿀 수 없는 집에서의 하루.

 아름다운 가을날 그 소중한 하루를 가슴에 품고 나는 사무실로 돌아갔다. 🐾

오후에는 그림을 그리고

고양이를 재우고

운동을 하고

별일 없이 하루를 마감한다.

집에서 보내는 단순하고 조용한 하루를 사랑한다.

두 잔째

조금은
알딸딸한
시선으로

느슨한
계절

느슨한 계절은 강처럼 흘러갔다. 뭔가를 해야 한다는 강박을 버렸던 날들. 내 몸과 마음이 움직이는 대로 가만가만 따라갔다. 단순한 날이었다. 가끔은 이래도 되나 싶을 정도로 비생산적인 하루하루를 보냈다. 그림에 대한 꿈도 미래에 대한 불안도 같이 내려놓았다. 그렇게 몇 달을 보내고 다시 일을 시작했다. 막힘 없이 흘러갔던 느슨한 계절과 달리 빽빽한 계절은 한발 내딛는 것도 힘들다. 아침에 눈을 뜨면서부터 다시 밤이 되어 침대에 누울 때까지 허우적거리며 풀숲을 헤친다. 높은 산을 오른다. 녹록지 않는 매일이지만 지난여름 느슨하게 시간을 보내면서 삶의 기초 체력이 생겼다. 그 힘으로 당분간 이 빽빽한 날들을 통과해야지. 그러다 보면 언젠가 돌아오겠지. 나의 느슨한 계절. 🐾

지난여름에는 푹 자고

열심히 운동하고

카페에서 가볍게 그림을 그리고

고양이를 자주 안아줬다.

다시 빽빽한 계절

고양이의
몸단장을 보며

내 자신이 마음에 들지 않을 때가 많다. 출렁거리는 뱃살은 거추장스럽고, 본격적으로 노화가 시작된 얼굴은 하루가 다르게 처지고 있다. 거울 속의 나를 보고 예쁘다고 생각한 적이 언제인지 기억이 나지 않는다. 그렇게 한숨을 쉬다가 정성스럽게 털을 고르는 호순이를 보면 신기하다. 앞발에 혀로 침을 싹싹 묻혀서 얼굴을 닦는다. 허리를 구부리고 포동포동한 뱃살을 핥는다. 줄무늬 꼬리도 빼놓지 않고 그루밍한다. 다른 고양이들도 모두 이렇게 몸단장을 하지만 호순이는 유독 더 긴 시간 정성스럽게 털을 고른다.

내 뱃살 어떡해.

귀여운 내 뱃살.

주름에 모공까지 내 얼굴 어쩌지.

눈곱 껴도 예쁘기 만한 내 얼굴.

호순이에게 자신을 사랑하는 법을 배우고 있다.

　온몸으로 "세상에서 내가 가장 소중해!"라고 외치는 것 같다. 살이 꽉꽉 차올라 걸을 때마다 뱃살이 출렁거린다. 가끔 눈곱도 낀다. 코에 코딱지도 끼지만 어느 순간이든 호순이는 자신을 부끄러워하지 않는다. 배가 나오면 좀 어떻고 모공이 달의 분화구처럼 넓으면 어떠리. 호순이를 따라서 나도 외쳐본다.

　"나는 예쁘다!" 🐾

좋아하는 것을
위해서라면

진고 오빠와 고로 오빠에게는 언제나 당당한 호순이지만 동생들에게는 당하기만 하는 호순이다. 동동이와 코깜이가 괴롭혀도 호순이는 허공에 귀여운 하악질만 내뱉을 뿐 도망가기 바쁘다. 그런 호순이 눈에 아무도 보이지 않는 순간이 있으니 바로 식사 시간. 자기 밥은 눈 깜짝할 사이에 삼켜버리고 천천히 밥을 먹고 있는 동동이 밥그릇에 머리를 들이민다. 당황한 동동이가 앞발로 저지를 하려고 해도 호순이는 막무가내다. 동동이는 이내 포기하고 자리를 뜬다.

까칠하지만 겁이 많은 호순이는 종종

동동이와 코깜이에게 괴롭힘을 당한다.

그리고 그 화를 만만한 나와

진고에게 푼다.

. . .

코깜이 밥그릇도 예외는 아니다. 코깜이는 더 쉽다. 호순이가 앞발만 내밀어도 바로 밥그릇을 양보한다. 이럴 때 보면 호순이가 서열 1위 같은데 식사 시간이 끝나면 다시 도망가기 바쁘니 이 상황을 어떻게 설명해야 할까.

자신이 좋아하는 것을 향해 망설이지 말고 손을 내밀 것. 큰 두려움이 눈앞에 있어도 눈을 질끈 감고 뛰어넘을 것. 오늘도 호순이가 나에게 주는 메시지. 🐾

그런 호순이가 동동이와 코깜이 앞에서

돌변하는 때가 있으니 바로 밥시간.

오늘도 호순이에게 한수 배웠습니다.

작은
그릇

　　살면서 겪는 많은 어려움 속에서 불평하지 않고 묵묵히 그 상황을 헤쳐나가는 사람이 부러웠다. 성실하게 자신이 해야 할 바를 해내는 사람, 주위의 자극에도 마음이 쉽게 팔랑거리지 않으며 온화한 그런 사람. 깊이 있게 자신의 삶을 담아내는 큰 그릇 같은 사람이 되고 싶었다.

　　하지만 난 많이 작고 얕았다. 조금만 힘들어도 짜증이 났고 아직 일어나지 않는 일에도 두려웠다. 이렇게 작은 그릇으로 어떻게 세상을 살아야 하나 막막했다. 작은 일에도 쉽게 흘러넘치면서 하루하루를 보냈다.

사람을 그릇에 비유하자면
나는 작고 얕은 간장 종지 같은 그릇.

삶을 깊이 있게 담아내는
큰 그릇 같은 사람이 부러웠다.

그릇이 작으니
자꾸 넘칠 수밖에 없었다.

그러나 어느 날 문득 나를 보니
작은 그릇에 고양이를 담고 있었다.

　시간이 흐르고 어느 순간 작은 그릇에 고양이 다섯 마리를 담고
있는 나를 발견했다. 봄의 풍광을 담고 달을 담고 아름다운 계절을
담았다. 여전히 조금만 바람이 불어도 화가 넘치고 조금만 힘들어
도 투덜거림이 흐르지만 내 그릇에도 아름다운 것이 담길 수 있다
는 것을 알았다. 우리는 나름대로의 모양과 크기로 각자 세상을 담
고 있구나. 🐾

하늘의 달을 담고

봄을 담고 있었다.

이게   바로   내 그릇

내 나름대로의 모양과 크기로 세상을 담고 있었다.

어떤
위로

낮선 장소에 가면 사람보다 주위에 있는 동물에게 정을 붙인다. 그러면 자연스레 사람들과도 그 장소와도 친해진다. 지금 일하는 곳에 처음 와서 사람들과 서먹했을 때 내 눈에 들어온 개가 있었다. 앞집 주차장에 매인 누렁이. 옆에 흰둥이도 한 마리 있었지만 코와 귀가 까만 못생긴 누렁이에게 마음이 갔다. 멀리서 바라볼 뿐이지만 누렁이가 시야에 들어오면 불안하고 두려운 마음이 잠시라도 부드러워졌다. 목줄에 매인 이후에 지금껏 산책이라고는 해보지 못했을 것 같았지만 누렁이는 항상 쾌활했다. 화장실에 갈 때마다 창문으로 누렁이를 봤다. 주인이 나오면 누렁이는 꼬리를 흔들면서 좋아했는데 안타깝게도 나는 주인이 누렁이를 쓰다듬는 것을 한 번도 보지 못했다. 햇빛이 들어오면 최대한 그쪽으로 몸을 움직여 볕을 쬐고 멀리 사람이 지나가면 귀를 쫑긋 세우던

...

누렁이. 그렇게 앞집 개에게 마음을 열고 나서 직장 동료들과도 친해졌다.

평소 내 자신이 불쌍하다고 여겼다. 하고 싶은 일이 있지만 생계를 위해서 일을 해야만 하는 상황이 안타까웠다. 그런 기분이 들 때 누렁이를 보면 너도 나도 한 자리에 매여 있는 처지구나, 동병상련을 느꼈다. 하지만 누렁이는 자기 자신을 불쌍히 여기지 않았다. 아니 불쌍히 여기는 것 자체가 무엇인지 모를 것이다. 목줄을 매고 움직일 수 있는 그 작은 공간 안에서 누렁이는 호기심을 잃지 않았다. 그런 누렁이를 보면서 내가 어리석게 느껴졌다. 성에 차지는 않지만 지금의 상황에서 할 수 있는 일을 하자고 결심했다. 누렁이는 나의 존재조차 알지 못하지만 내게 큰 위로가 됐다. 나도 누렁이처럼 자신도 모르는 사이에 어떤 이에게 위로와 격려가 됐을지도 모른다. 그랬으면 좋겠다. 의도하지 않았지만 누군가의 삶의 무게를 솜털만큼이라도 덜어주는 순간이 나에게도 있으면 좋겠다. 🐾

사무실 2층 계단에서 보이는 앞집 개.

목줄에 매여 있는 처지에도 언제나 밝다.

개는 나의 존재조차 모르지만

일하다 힘이 들면 개를 보러 간다.

개에게 위로와 격려를 받는다.

나도 모르게 전해지는 위로와 격려.

금요일의
각오

금요일 출근길에는 마음을 단단히 먹는다. 내 마음을 휩쓸고 갈 많은 일 앞에서 절대 흥분하지 않을 것을 말이다. '차분하고 침착하게 오늘 안에 꼭 끝내야 할 일을 처리하자'라고 되뇌어본다. 마음이 퇴근 시간으로 급하게 달려가지 않도록 심호흡을 한다. 그렇게 페이스 조절을 하면서 정신을 집중해야 금요일 야근이라는 최악의 사태를 막을 수 있다. 아슬아슬하게 퇴근 시간에 맞춰 업무를 끝내려는데 갑자기 들리는 상사의 호출. 동공이 흔들리지만 노골적으로 시계를 보지 않으려고 노력한다. 그리고 시작된 회의. 다른 사람들은 짐을 챙겨 퇴근하는데 이제 막 시작된 회의에 얼굴이 빨개지려고 한다. 하지만 여느 때보다 더 진중한 태도로 상사의 말에 고개를 끄덕이며 메모를 한다. 다행히 회의는 생각보다 금방 끝났다.

퇴근 시간에 시작된 회의도

토요일에 출근해야 한다는 사실도

모두 잘 참아냈다.

오늘은 신성한 금요일이니까.

이제 퇴근인가… 짐을 챙기려는 순간에 내일 출근해야 할 일이 떠오른다. 다시 한 번 화가 나려고 하지만 내일 일은 내일 일이니까 지금은 참아야지. 여러 고비를 넘기고 사무실 밖으로 나오니 거리의 공기가 상큼하다. 한 주를 잘 참았다. 오늘은 신성한 금요일. 🐾

웨이브

냐아옹

고양이마저 신난 어느 금요일 밤.

오줌싸개 고양이
진고

진고와 함께한 지 11년이 됐지만 아직도 진고를 볼 때마다 눈이 부시다. 하얀 바탕에 꿀색 털이 보기 좋게 섞여 있다. 눈은 황홀하게 빛나는 라임색이다. 반듯한 코에 큰 눈은 뚜렷하고 분홍색 입술은 새초롬하다. 체격은 크지만 성격은 온순하다. 외모와 성격만 놓고 본다면 말로만 듣던 '따봉고양이'가 바로 진고구나 싶다. 하지만 인간의 신처럼 고양이의 신도 모든 것을 다 주지 않았다. 진고는 오줌싸개다. 오줌을 잘 가리는 것이 반려동물로서 고양이에게 얼마나 큰 장점인지 생각한다면 오줌싸개라는 것은 치명적인 단점이다. 진고는 4개월 때 잘 빨아놓은 침대 위 이불에 처음 오줌을 쌌다. 그 순간에는 앞으로 10년을 넘게 진고가 이불에 오줌을 싸리라고 상상하지 못했다.

커다란 덩치에 잘 생긴 외모.

그러나 진고는 나에게 아픈 손가락이었다.

진고의 임시보호자는 나에게 예언을 했다.

오줌싸개가 될 것은 말해주지 않았다.

진고의 타깃

가죽 소파

쿠션

베개

이불

가방

담요

매트리스

야, 이놈아!

변태 오줌싸개!

멍~

진고는 지난 11년간 꾸준히
오줌 테러를 했고

나의 구박을 받았다.

...

    오래전 일이지만 아직도 그때 진고의 만족스러우면서도 시원한 표정이 생생하다. 그날 이후 불행이 시작됐다. 매트리스는 진고의 오줌으로 노란 얼룩이 수십 개 생겼고 매일 이불 빨래를 했다. 혼내도 보고 이불에 치약도 발라보고 당시 내 정보력으로 할 수 있는 건 다했다. 하지만 조금만 방심하면 바로 이불이 흥건히 젖었다. 그런 상태로 1년을 버티다가 결국은 안방 문을 잠갔다. 침대 위에서 고양이와 껴안고 자는 행복을 빼앗겼다. 진고 혼자 거실에 두면 고래고래 울어대서 졸지에 아무 문제도 없는 둘째 고양이 고로마저 안방에서 퇴출됐다. 밤마다 안방 문을 열어달라고 울어대는 두 녀석 때문에 나는 오랫동안 통잠을 자지 못했다. 이불에만 오지 못하게 하면 될 줄 알았는데 진고의 오줌 싸기는 점점 더 심해져서 카펫, 가죽 가방, 소파, 옷가지 등을 가리지 않았다. 덕분에 10년에 가까운 세월을 거실에서 소파와 카펫 없이 맨바닥에서 지내고 있다.

1년 전, 진고가 집을 뛰쳐나가는
사건이 있었다.

울며불며 온 아파트 단지를 뛰어다니다가

관리사무소 CCTV를 통해 진고가 아파트
지하실로 내려가는 모습을 포착.

한 시간 만에 눈물의 상봉을 했다.

．．．

일상이 평화로울 때는 그런 일도 참을 만했지만 직장 생활이 힘들고 몸이 아플 때는 진고 때문에 분노가 솟구쳐 오르는 일이 많았다. 어쩌다 이런 변태 오줌싸개 고양이를 데려와서 내가 이 고생일까 원망도 많이 했다.

그런 나의 화가 단숨에 사라지는 일이 있었다. 고양이들 때문에 항상 문단속을 철저히 했는데 이사를 하면서 진고가 집을 나가버렸다. 눈물이 주체할 수 없이 흘러 앞이 잘 안 보이고 다리에는 힘이 풀렸다. 새로 이사 온 아파트 단지를 뛰어다니며 만나는 사람마다 고양이 못 봤냐고 울부짖다가 관리사무소에서 CCTV를 확인해봤다. 현관에서 뛰어나온 진고는 곧바로 지하로 내려갔다. 그 모습을 보고 바로 지하실로 내려가니 어두운 구석에서 진고가 부들부들 떨고 있었다. 그 한 시간이 1년처럼 길게 느껴졌다.

...

지난 11년 동안 진고가 온 집안에 오줌을 싸는 바람에 겪은 일들을 불행이라 여겼다면 진고를 찾은 일은 11년간의 불행을 한방에 지워준 행운 중의 행운, 다행 중의 다행이었다. 그렇게 진고를 찾고 나서 나는 더 이상 진고를 혼내지 않는다. 한밤중 제대로 닫지 못한 문틈으로 몰래 들어와 내가 베고 있는 베개에 오줌을 싸던 불행한 밤의 기억은 아름다운 추억으로 변했다. 집 전체가 고양이 오줌냄새로 뒤덮힌다 해도 진고를 영원히 보지 못하는 것보다는 낫다. 오늘도 진고는 거실에 만만한 타깃이 없자 욕조로 가서 오줌을 싼다. 녀석도 참. 욕조에서 오줌을 싸고도 앞발로 싹싹 덮으려고 하는 너란 고양이. 내 사랑 나의 오줌싸개.

변태 오줌싸개면 어때.
내 옆에 오래오래 있어줘, 나의 소중한 고양이.

모험심 가득한
나날

하얀 얼굴, 까만 머리, 초록색 눈, 분홍색 입술의 고로를 볼 때마다 수컷이지만 백설공주가 떠오른다. 얼굴은 백설공주인데 성격은 타고난 모험가다. 예쁜 얼굴로 사람의 간을 몇 번이나 떨어지게 만들었다. 고로와 함께한 지난 11년 동안 심장이 철렁 내려앉아 발끝에 가 있는 기분이다. 이제는 나이가 들어 예전 같은 기행을 일삼지 않으니 얼마나 다행인지 모르겠다. 겁이 없어서 죽을 고비를 많이 넘겼다. 24층 아파트 복도에서 떨어졌을 수도 있고, 살충제를 먹고 죽었을 수도 있었다.

고로는 어릴 때부터 남다른
모험심을 가졌다.

빨래 건조대를 생후 두 달 무렵에
정복하고

냉장고에 기어들어 가서
울었다.

살충제를 맛있게 먹고
병원에 실려 가고

24층 아파트 복도로 탈출했다.

드럼세탁기 안에 들어갔을 때는
기절할 정도였다.

고로가 모험을 할 때마다
심장이 바닥으로 떨어졌다.

고로가 남자라면 아무리 멋있어도
절대 사양!

．．．

　　냉장고나 세탁기에 들어가 있는 걸 빨리 발견하지 못했다면 지금의 고로는 추억으로만 남았을 것이다. 고로 같은 고양이가 있어서 고양이 목숨이 아홉 개라는 말이 생긴 것인지도 모르겠다. 아무거나 주워 먹는 버릇 때문에 고생도 많았다. 이미 우리 집에 오기도 전인 2개월 아기 때 노끈을 삼키고 토했다고 한다. 오뎅꼬치는 열 개 넘게 삼켰고 면봉은 간식이었으며 20센티가 넘는 굵은 끈을 삼켰을 때는 울면서 병원으로 달려가야 했다. 그런 모험가 주제에 사랑은 어찌나 많은지 내 배와 무릎은 언제나 고로 차지였다. 성격도 좋아서 낯선 사람도 무서워하지 않고 식성도 좋고 다른 고양이들에게도 관대하다. 태양같이 밝고 환한 성품에다 잘생긴 얼굴, 거기다 넘치는 사랑까지 가진 고로가 만일 남자였다면 거부할 수 없는 매력의 소유자였을 것이다. 하지만 아무리 매력적인들 끓어오르는 모험심을 주체하지 못하는 고로 옆에서 철렁거리는 심장을 부여잡는 일은 절대 사양. 🐾

5천 원짜리 여신
호순이

오랫동안 고양이들과 가족으로 지내면서 자꾸 까먹는 사실이 있다. 길에서 온 코깜이와 동동이를 제외하고 다른 고양이들은 모두 돈을 주고 데려온 아이들이다. 인터넷 다음 카페 '냥이네'에서 입양받은 진고는 2만 원의 책임비가 있었다. 가정 분양이던 고로는 3만 원이었다. 내 그림의 뮤즈인 아름다운 삼색이 호순이는 만 원도 아닌 5천 원짜리 고양이였다.

지금은 우리 집에서 여신처럼 군림하고 있지만 처음 호순이를 만났을 때는 말라비틀어진 기운 없는 아기 고양이였다. 커다란 목줄을 단 채 초등학생 남자아이 어깨에 달랑달랑 매달려 있었다.

호순이는 동네 아이들이 데리고 다니던 새끼 고양이였다.

헐렁거리는 개 목줄을
차고 있었다.

우유를 먹여 설사를 한다는 소리에 애들에게
5천 원을 주고 데려왔다.

애교 많은 진고와 고로 브라더스와 달리

호순이는 아름답지만
예민하고 까칠한 성묘가 되었다.

그런 성격이 타고난 것인지 어릴 때
아이들 손에서 많이 지쳐서인지 모르겠다.

그래도 언제나 내 주위에서 맴도는
호순이가 나는 좋다.

．．．

눈을 제대로 못 떠서 초등학생에게 물어보니 아빠가 주워온 새끼 고양이인데 자꾸 설사를 한다고 했다. 아픈 애를 그렇게 어깨에 메고 다니니 조만간 큰일나겠다 싶어 주머니에 있던 전 재산을 꺼내들었다.

"얘들아, 고양이 아파 보이는데 누나가 데려가서 치료해줄게."

망설이는 아이 옆에서 친구가 거들었다.

"고양이 자꾸 설사해서 죽으면 어떡해. 그냥 누나 주자."

아이들은 5천 원을 받아들고 호순이를 건넸다. 그리고 신나서 떡볶이를 사 먹는다며 사라졌다. 그렇게 호순이는 우리 집 셋째가 됐다. 호순이가 없었다면 지금 내가 그림을 그리고 있을까? 여러 고양이가 있지만 호순이를 보면 유난히 영감이 강하게 떠오른다. 내 그림의 주인공은 대부분 호순이였다. 오늘은 호순이를 이렇게 불러본다. 5천 원짜리 우리 집 여신. 🐾

까칠한 호순이지만 가끔 한없이 관대해지는데
그럴 때는 황송한 기분마저 든다.

내가 고양이를 키우는 것인지 여신을 모시는 것인지 헷갈리지만
그래도 나는 호순이가 정말 좋다.

정말로
못생겨서

외모로 살아 있는 것을 판단하면 안 된다는 것을 잘 알지만 코깜이를 처음 봤을 때 놀랐다. 너무 못생겨서. 진짜로 못생겨서. 결막염에 걸린 눈은 고름으로 가득 차 있고 길고 삐쭉한 귀 안은 진드기로 더러웠다. 얼굴은 세모나고 등에서는 뼈가 만져졌다. 일단 고양이를 살리고 좋은 가족을 찾아줘야지란 결심으로 코깜이를 데려왔다. 작명 센스가 없기로 세상에서 둘째가라면 서러운 나는 코가 까맣다는 이유 하나만으로 코깜이라는 이름을 지어줬다. 어차피 임시 보호를 하고 있으니 나중에 진짜 가족이 나타나면 적당한 이름을 지어주겠지 싶었다.

정을 주지 않으려고 했는데 코깜이가 나를 볼 때마다 하악질을 해대니 오히려 잘됐다 싶었다. 밤에는 큰 소리로 울고 병원비는 많이 들고 코깜이 때문에 걱정이 많았다.

내 인생에 고양이는 세 마리뿐이라
굳게 믿던 시절이 있었다.

코깜이를 만났을 때 고민했다.

건강하게 만들어서
새 가족을 찾아주기로 결심했다.

당시에 일과 개인사 모두 힘들었는데
아프고 지친 코깜이가 마치 나 같았다.

결막염, 귀 진드기, 설사를 모두 치료한 코깜이.
힘들게 홍보 만화까지 그리며 가족을 찾았으나 입양 문의가 단 한 건도 없었다.

그렇게 시간이 흘러 울며 겨자 먹기로
코깜이는 우리 집 식구가 됐다.

한 마리를 더 키우게 될 줄은
그때는 몰랐다.

. . .

　그런데 인생사 계획대로 되는 것이 없다는 것을 그때 깜빡하고 있었다. 건강해진 코깜이는 여전히 못생겼고 그래서인지 입양 문의가 한 건도 없었다. 단 한 건도. 코깜이는 점점 자라는데 이제는 나만 보면 골골대는데 정이 점점 들고 있는데 가족이 나타나지 않았다. 고양이 세 마리도 부담스러운데 네 마리를 키운다는 것은 절대 있을 수 없는 일이었다.

　그렇게 열심히 철벽을 쳤지만 시간은 속절없이 흘러 코깜이는 완전한 우리 집 넷째가 됐다. 울며 겨자 먹기로 가족이 된 코깜이지만 지금은 나와 우리 집에서 제일가는 커플이 됐다. 같이 있으면 서로 껴안고 얼굴을 부비고 난리도 아니다. 나에 대한 애정이 각별한 고로도 내 품안에서 잠을 자지 않는데 코깜이는 내 겨드랑이에 몸을 쏙 파묻고 잠이 든다. 코깜이를 품에 안고 골골거리는 소리를 들으면 세상에서 제일 행복한 사람이 된 기분이다. 사람과 사람 사이의 인연도 신기하지만 코깜이를 보면 고양이와 사람 사이의 묘연도 얼마나 소중하고 신비로운지 깨닫게 된다. 🐾

그때 안 데려왔으면 어쩔 뻔했을까? 내 사랑 코깜이 ♥

땡땡이 친 날,
떡볶이 집에서

제자리를 잃고 길을 헤매는 것에게 눈길이 간다. 나도 비슷한 처지라 그런 걸까. 여린 날개로 쌩쌩 달리는 차들을 용케 피해 도로 한가운데 있는 중앙분리대 위 화분에 앉은 나비. 눈앞에 있는 과자 부스러기만 보고 도로에 내려앉은 비둘기. 버스를 타버린 벌. 엘리베이터 벽에 앉은 나방. 피자 가게에 들어온 참새 두 마리. 길을 잃고 엉뚱한 곳에 들어와 나갈 길을 찾지 못하는 것들에 가슴이 철렁한다.

어느 날 외근을 나갔다가 배가 고파서 오래된 떡볶이 집에 갔다. 떡볶이를 먹고 있는데 나비 한 마리가 가게로 들어왔다. 팔랑팔랑. 나비는 여기저기 날아다니는데 가게에 있던 사람들은 누구 하나 관심이 없었다.

나비다

팔랑 팔랑

외근을 나왔다가 떡볶이를 먹었다.

팔랑 팔랑

나비 한 마리가 가게 안을
이리저리 날아다녔다.

· · ·

꽃밭에 있어야 할 나비가 왜 떡볶이 가게로 들어왔을까. 빨리 들어온 문으로 나가면 좋으련만 나비는 영 출구를 찾지 못하고 팔랑이고만 있었다. 좀 더 낮게 날아다녔다면 내가 손으로 조심스레 감싸 쥐고 밖으로 내보내줬을 텐데 안타까웠다. 나비는 결국 출구 찾기를 포기하고 지친 듯 천장에 앉아 날개를 천천히 접었다 폈다. 나갈 길을 찾지 못해 지친 나비를 보며 빠져나갈 길을 알면서도 나가지 않는 것은 인간뿐이라고 생각했다. 지금 있는 곳이 제자리가 아닌 것을 알면서도 여러 가지 이유를 대며 나는 이곳에 머무르고 있다. 제자리를 알지만 그곳에 가면 마음은 평화로워도 생활이 초라해질까 봐 두렵다.

문 밖에서 불어오는 바람이 나비에게 길을 알려주면 나비는 망설임 없이 꽃밭을 찾아 날아갈 것이다. 나비는 제자리를 찾았을까. 나는 제자리를 찾을 용기를 낼 수 있을까. 🐾

제자리를 못 찾고 길을 헤매는 것에 마음이 쓰인다.

나갈 길을 알면서도 빠져나가지 않는 것은 인간뿐인 걸까.

나는
일요화가

꿈이 있어 즐겁기도 하고 괴롭기도 하다. 마음은 매일 그림을 그리고 있는데 현실적으로 시간을 많이 낼 수가 없다. 예전에는 평일 저녁에도 억지로 그림을 그리려고 했다. 밤 열두시에 군은 물감의 뚜껑을 열다가 손을 베였는데 순간 그동안 쌓였던 스트레스가 폭발했다. 너무 힘들고 짜증이 나서 엉엉 울어버렸다. 온종일 일하고 돌아와 감기는 눈을 억지로 뜨고 그림을 그리는데 손까지 베였으니 지금 생각해도 울 만한 일이다. 그래서 그림을 그리지 말아야지 결심한 적도 있다. 쓸데없는 꿈을 버리기로 말이다. 그랬더니 얼마 가지 않아 마음이 아프기 시작했다.

인터넷을 하다가 앙리 루소가 평일에는
세관원으로 일하고 일요일에만 그림을 그려서
일요화가라고 불렸다는 이야기를 봤다.

그러고 보니 나도 일요화가구나.

평일 밤에는 퇴근을 하자마자 녹초가 된다.

책상에 앉지도 못하고 잠들기 일쑤.

토요일은 아직 한 주의 피로가
풀리지 않는다.

일요일이 되어야 제대로 그림을 그릴
컨디션이 된다.

하지만 곧 다가올 월요일에 마음이 조급해진다.

. . .

일을 마치고 집에 와서 침대에 누워 있기만 했다. 모든 의욕이 사라지고 심지어 언제나 넘치던 식욕도 조금씩 줄었다. 이렇게는 안 되겠다 싶어 찔끔찔끔 다시 그림을 그리기 시작했다. 이러지도 저러지도 못하는 상황 속에서 큰 욕심을 버리게 됐다. 일상의 균형을 해치지 않는 선에서 주말에 열심히 그림을 그렸다. 토요일은 바닥난 체력이 회복되지 않아 온전히 작업에 몰두하기가 힘들어서 나는 자연스레 일요화가가 되었다.

이 글을 적고 있는 지금도 일요일이다. 밤 아홉시 이십이분. 오늘 작업할 분량은 아직 남았는데 벌써 월요일이 코앞이라 마음이 급해지는 이 시간. 즐겁기도 괴롭기도 한 꿈을 품고 일요화가로의 하루를 또 마무리한다. 🐾

월화수목금토 쫓기지 않고
여유롭게 그림을 그리는 주6일 화가로 거듭나고 싶은 나의 꿈.

집사의
착각

인간으로서의 나는 사회가 요구하는 미의 기준과 멀다. 작은 키, 통통한 몸매, 눈은 크지만 눈과 눈 사이가 멀고, 코는 납작하다. 하지만 고양이라면 이야기가 달라질지도 모른다. 고양이는 다리가 짧거나 길어도 예쁘고, 날씬하거나 통통해도 다 매력적이다. 눈이 크든 작든 얼룩이든 까망이든 상관없이 귀엽다. 내가 고양이라면 어떤 모습일까? 큰 눈에 납작한 코, 짧고 통통한 다리에 토실토실 엉덩이, 볼록 나온 뱃살까지. 그렇다. 나는 미묘였다. 우리집 고양이들 눈에 나는 통통하고 귀엽고 예쁜 고양이, 게다가 밥까지 챙겨주는 완벽한 고양이로 보일지도 모른다. 그래서 애들이 나를 그렇게 좋아했구나. 이제 알았다. 🐾

예전에 인터넷을 하다가

고양이는 집사를 자신을 보살피는 거대한 고양이로
생각한다는 글을 봤다.

그렇다. 나는 미묘였던 것이다.
다음 세상에는 꼭 고양이로 태어나야지.

새벽 네시의
세수

이번 주에만 벌써 두번째다. 퇴근을 하고 집에 와서 저녁을 먹고 나자 눈이 감기기 시작했다. 잠깐만 누워 있어야지 하고 침대에 누웠는데 일어날 수가 없었다. 씻지 못해서 얼굴은 갑갑하고 이빨이 썩을 것같이 찝찝한 기분으로 뒤척거리면서도 눈을 뜨지 못했다. 어느 순간 깜짝 놀라서 눈을 뜨고 시계를 보니 새벽 네시. 퉁퉁 부은 얼굴을 화장실 거울에 비춰본다.

'아, 씻고 잤어야 했는데.'

그제야 양치질을 하고 세수를 한다. 그리고 엄마를 생각한다.

예전에 엄마는 자주 소파에서 잠이 들었다.

새벽에 깨서 뒤늦게 세수를 했다.

나는 엄마가 왜 씻지도 못하고 잠이 드는지
이해할 수 없었다.

시간이 흐르고 직장을 다니는 요즘의 나는

종종 집에 오자마자 잠이 든다.

찜찜한 기분으로 새벽에 잠에서 깬다.

무거운 몸을 일으켜 뒤늦게 세수를 한다.

．．．

퇴근을 한 엄마는 저녁을 먹고 TV를 보다 언제나 잠이 들었다. 일어나서 씻고 자라고 깨워도 엄마는 조금만 더 누워 있겠다고 잠결에 중얼거렸다. TV 소리에도 환한 거실 불빛 아래서도 달게 잠을 잤다. 아직 출근의 의무감이 없던 그 시절의 나는 항상 밤늦게 아니 거의 새벽 무렵에 잤는데 그때서야 엄마는 일어나서 세수를 했다. 엄마는 나와 달리 매우 부지런하고 깔끔한 성격이라 당시에는 엄마의 그런 행동을 이해하지 못했다. 화장실에서 새어나온 불빛 앞으로 고양이들이 하나둘씩 희미하게 눈을 뜨고 다가온다. 새벽에 물소리가 나자 벌써 밥시간인가 기대하는 눈빛이 보인다. 방금 양치질을 해서 입안에서는 상쾌한 치약 냄새가 난다. 수건으로 물기를 닦자 얼굴이 보송보송하다. 내일은 꼭 집안일도 마치고 그림 작업도 조금 하고 그런 다음에 깨끗하게 씻고 자야지. 🐾

그때 이해하지 못했던 새벽 네시의 세수는
삶과 시간의 무게였다.

내 마음의
팔레트

퇴근길. 몸은 사무실을 떠났지만 마음은 아직 그곳에 있다. 자꾸 떠오르는 사무실에서의 기억이 싫어서 핸드폰에 눈을 고정시키고 쓸데없는 기사를 읽어댄다. 흔들리는 버스 안이라 머리가 아프고 속이 메슥거려 잠시 눈을 핸드폰에서 떼면 금방 마음이 또 퇴근 전의 사무실로 돌아간다. 여백이 남아 있지 않은 팔레트처럼 마음이 더러워졌다.

그럴 때는 집에 돌아가 고양이 장난감을 꺼내 든다. 장난감을 이리 흔들고 저리 흔든다. 엉덩이를 씰룩거리면서 장난감을 노리는 고양이 틈에서 내가 제일 신났다. 세게 튼 수돗물 아래 씻겨 내려가는 팔레트의 혼탁한 물감처럼 오늘 있었던 안 좋은 일들이 하나둘씩 사라진다. 🐾

유난히 바쁜 날.

예의 없는 후배의 말투에 기분까지 상했다.

색을 너무 많이 섞은 팔레트처럼 마음이 혼탁해졌다.

집에 돌아와서   슬그머니 고양이 장난감에 손을 뻗어

한 번 휘두르면 상처받은 마음이 지워지고
또 한 번 휘두르면 내일 할 업무에 대한 걱정이 날아간다.

무아지경

힘들었던 만큼 더 열심히 애들이랑 뛰고 웃는다.
내 팔레트가 다시 깨끗해졌다.

돈 버는
괴로움

스스로 일을 해서 돈을 벌기 시작하면서 내 진짜 인생이 시작됐다. 직접 번 돈으로 먹고 입고 고양이를 키웠다. 책을 사고 영화를 봤다. 좋아하는 것을 찾고 배웠다. 그림을 그렸다. 어설프지만 그림책도 만들었다. 남에게 기대지 않고 내 앞가림을 스스로 했다. 한 사람의 어른이 됐다는 게 뿌듯했다. 동시에 이 모든 것이 일을 해서 돈을 벌어야만 가능하다는 사실에 괴로웠다. 직장에서 나를 지탱하는 대부분은 의무와 책임감이었다. 시간을 견뎌냈다. 사람들 앞에서는 언제나 환하게 웃고 있지만 속이 답답했다. 1년 후의 내가 10년 후의 내 생활이 뻔히 보였다.

고양이들과 소풍을 즐기고 있는데 '일'이 찾아왔다.

나는 일을 소풍에 초대했고

일은 나에게 바구니를 주었다.

살아가는 데 필요한 것이 담긴 바구니를.

그런데 이상한 일이 일어났다.

소풍이 더 풍요로워질 것이라고 기대했는데

하루를 견디고 1년을 견디고 그렇게 10년 이상을 버티면 나는 언젠가 서울 변두리에 작고 낡은 아파트 한 채 정도는 소유할 수 있을 것이다. 비싼 물건은 아니지만 계절마다 새 옷을 사고 몇 년에 한 번씩은 해외여행도 다녀올 것이다. 때마다 부모님에게 넉넉하지도 모자라지도 않는 액수의 용돈을 드릴 수 있겠지. 아무리 용을 써도 부자는 못 되겠지만 그럭저럭 남에게 아쉬운 소리 없이 내 한 몸은 건사할 것이다.

경제적인 불안정이 얼마나 삶을 불편하게 만드는지 경험했기 때문에 일이 주는 소중한 것들에 감사한다. 하지만 고양이를 키우고 그림을 그리면서 나는 다른 꿈을 꾸게 됐다. 견뎌내는 것이 아니라 두근거리는 마음으로 내일을 기다릴 수 있는 삶. 내 안의 가능성이 조금이라도 더 활짝 피어날 수 있는 날들. 내가 좋아하는 것 그리고 돈 말고도 소중한 다른 것들을 같이 품을 수 있는 일상. 일과 삶이 균형 있게 조화를 이루는 인생. 그래서 시간을 쪼개고 피곤함을 참으며 좋아하는 것을 놓치지 않으려 한다. 나는 알고 있다. 조금이라도 한눈을 팔면 소중한 것들은 한순간에 밀려나고 일과 나만 돗자리 위에 남는다는 것을. 🐾

돗자리 위에는 나와 나를 무겁게 감싸는 일만 남았다.

버터프레첼의
날

바삭한 빵 사이에 두껍게 썰어 넣은 버터가 들어
간 버터프레첼. 한입 씹으면 빵의 담백함과 버터의 고소함이 입안
에서 천국을 만든다. 거기다 뜨거운 커피를 곁들이면 우리 집 고양
이도 그 순간만큼은 눈에 들어오지 않을 정도다.

햇볕은 제법 따뜻하지만 바람은 차가운 겨울, 늦은 일요일 아
침. 그림을 그리기 위해 집 근처의 공동 작업실에 가는 길에 빵집에
들른다. 추워도 새들은 짹짹거리고 작업실 근처 고깃집 개 검둥이
는 밖에 나와 꾸벅꾸벅 졸고 있다. 커피와 버터프레첼을 산다. 오전
이라 아무도 없는 작업실의 창문을 열고 블라인드를 젖힌다. 자리
에 앉아 버터프레첼과 커피를 먹는다.

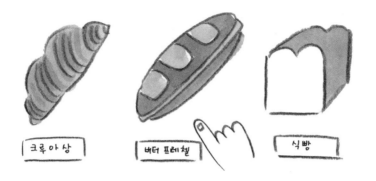

주말 아침, 눈을 뜨면 가벼운 발걸음으로
빵집에 간다.

처음 한 조각은 두꺼운 버터가 들어 있는 그 상태로 먹는다. 다음 조각은 양심상 빵 안에 들어 있는 버터를 반쪽 꺼내고 먹는다. 바삭거리는 식감과 고소함이 좋아서 언제나 먹기 전에 반만 먹어야지 결심하지만 정신을 차려보면 버터프레첼은 이미 사라져 있다. 남은 커피를 홀짝이며 아쉬움을 달랜다.

빵집에는 크루아상도 있고 쫄깃한 식빵도 있고 치즈가 넘쳐나는 치즈 빵도 있는데 요즘은 꼭 버터프레첼을 먹어야 작업할 마음이 생긴다. 버터프레첼과 커피와 주말의 작업실. 생각만 해도 가슴 두근거리는 오늘은 버터프레첼의 날. 🐾

오늘은 버터프레첼의 날

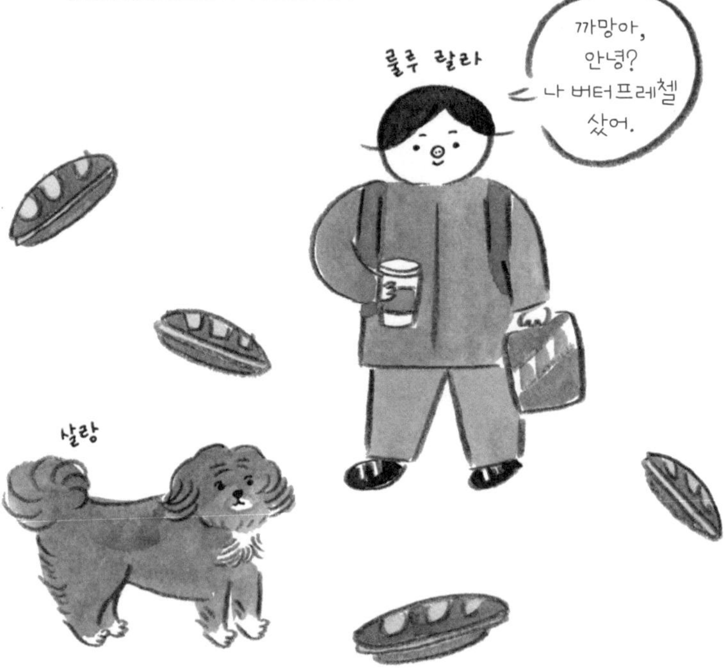

공원에서 만난
고양이

세상에는 다양한 형태의 기쁨이 있다. 점심시간에 밥을 빨리 먹고 회사 근처 한적한 공원에 갔다. 벤치에 한 아주머니가 철창 케이지를 옆에 두고 앉아 있었다. 나는 직감했다. 철창 안에 동물이 있음을. 아마 개일 것이다. 그런데 왜 철창 안에 있지, 하면서 그쪽으로 다가갔는데 아주머니가 말을 걸었다.

"아가씨, 여기 고양이 있어요."

철장 안에는 이불더미가 있었는데 이불이 봉긋 솟아올라 있었다.

매일의 기쁨.

큰 기쁨.

다양한 기쁨

별거 아닌 것 같아도 소중한 기쁨.

순간적이고 허무한 기쁨.

   . . .

집이 공사 중이라 너무 시끄러워서 고양이를 싸매고 나오셨다
고 했다. 지금 잠깐 집에 다녀와야 하는데 5분만 봐줄 수 있는지 물
어보셔서 냉큼 그러겠다고 했다. 아주머니가 자리를 떠나고 이불
틈 사이를 보니 겁을 먹어 눈이 동그래진 삼색이가 하악질을 하고
있었다. 어머, 미안해라 널 놀라게 하려는 건 아니었어.

아주머니는 금방 돌아왔다. 고양이가 많이 사랑받고 있는 것 같
아요, 라고 말하니 아주머니는 환하게 웃으면서 이제 일곱살인데
너무 예뻐요, 딸보다 더 예쁜 짓을 많이 해요, 그러셨다. 바로 옆에
내가 고양이를 키우는 사실을 모르는 직장 동료가 없었다면 어머
저도 삼색이 키워요, 삼색이 정말 도도하고 귀엽죠? 수다 삼매경을
떨었을 텐데 아쉬웠다. 고양이와 사랑에 빠진 사람을 만나는 것. 그
리고 사랑을 듬뿍 받는 고양이를 만나는 것은 내 다양한 기쁨 중의
하나이다. 자주 느끼고 싶은 순수한 기쁨이다. 🐾

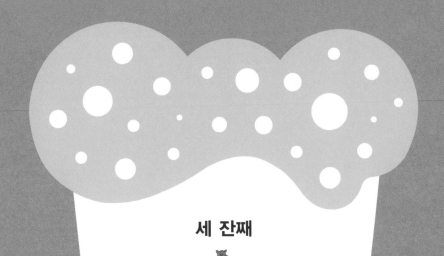

세 잔째

사랑스러운
것들을
생각해본다

끝이 없는
밤

1년에 단 하루

깊고 깊은 겨울 한가운데

별은 깜박이지 않고

달도 지지 않는 그런 밤

오래된 의자에 앉아 책을 읽고

천천히 그림을 그리고

은빛 달을 구경하거나

사랑하는 이의 얼굴을 바라보는 밤

마음을 빛나게 만들어주는 일을

아주 오래오래 할 수 있는 밤

좋아하는 일을 원 없이 하고

기쁨으로 배부를 때까지 끝나지 않을 밤

1년에 단 하루

나에게도 마법 같은 겨울밤이 있으면 좋겠다.

좋아하는 일을 마음껏 할 수 있는 시간은

왜 이렇게 짧을까.

출근이라는 부담감에 잠을 자야 하는
시간이 다가오면

간절하게 끝없는 밤을 원해본다.

고양이신은 반드시
소원을 들어준다

처음부터 이러려던 생각은 아니었다. 그저 동물이 좋았고 고양이가 좋았을 뿐이었다. 스물일곱살에 고양이를 키울 상황이 되어 진고를 데려왔다. 그리고 11년, 어느새 우리 집에는 고양이 다섯 마리가 주렁주렁 열렸다. 재밌고 행복한 일도 많지만 모든 일이 그렇듯 고양이 다섯 마리를 키우는 일이 버겁게 느껴질 때가 있다. 그럴 때면 어딘가에 있을 고양이신에게 따져 묻고 싶다.

내가 너희에게 고양이를 주리라

고양이신

고양이 키우고 싶어요

고양이를 주세요

11년 전   10년 전

7년 전   3년 전   현재

　왜 고양이를 다섯 마리나 주셨냐고, 두 마리 아니면 세 마리만 주시지 왜 나를 고양이 부자로 만들었냐고. 내 원망에 고양이신이 지을 난감한 표정이 떠오른다. 스크루지에게 과거를 보여주는 유령처럼 내가 어릴 적부터 고양이를 키우고 싶어 했던 순간들을 보여줄지도 모른다. 고양이신은 오랜 시간 내가 고양이와 함께하기를 바라면서 빌었던 소원을 다 들었다. 그 소원을 기억하고 있다가 나에게 아낌없이 내 마음 크기만큼의 고양이를 주었다. 그래서 내게 고양이 다섯 마리가 생겼다.

　고양이를 사랑하지만 지금 함께할 수 없는 많은 사람들에게 이 말을 꼭 해주고 싶다.

　고양이신은 듣고 있다. 고양이신은 기억한다. 고양이 신은 관대하다.

　그러므로 고양이를 키우고 싶다고 염원할 때는 한 번 더 주의를 기울여야 한다. 고양이 키우고 싶다는 말을 남발하면 온 집 안이 고양이로 가득 찰 수도 있으니까.

진고로호네
네일숍

11년 동안 고양이를 키웠지만 아직도 집사의 기술을 익히고 있는 중이다. 최근에 신기술 두 가지를 익혔다. 하나는 고양이가 토를 할 때 그릇을 재빨리 입에 가져가 토를 받아내는 기술이다. 사료를 급하게 먹는 애들이 토를 자주 하는데 밥을 많이 먹으면 먹을수록 폭포수같이 토해낸다. 고양이를 키우면서 아무리 비위가 좋아졌어도 막 토한 따끈따끈한 사료 덩어리를 치우는 것은 기분이 좋지 않다. 이 기술이 매번 성공하면 좋겠지만 아쉽게도 성공률이 높지가 않다. 바로 며칠 전에도 실패했다. 실패의 대가로 가죽 가방이 호순이가 토한 사료와 위액으로 엉망이 되었다. 실패가 계속되어서 이 기술에 대한 흥미를 잃어갈 무렵 다른 신기술을 익혔다. 바로 호순이 발톱 쉽게 깎기.

손님의 유형은 다양하다.
발톱 깎는데 입을 막아대는 알쏭달쏭형.

11년 역사의 진고로호 네일숍

앞발은 괜찮은데 뒷발은 싫다는 부분예민형.

온몸을 맡기는 호감형.

싫지만 참아주는 인내형.

고양이 발톱 깎기 11년 경력의 나도
무서워하는 상대가 있으니

호순이가 좋아하는 헤어볼 제거제를 먹이며
발톱 깎는 기술을 얼마 전에 연마했다.

...

고양이 발톱은 다 쉽게 깎는 거 아니냐고? 아니다. 고양이는 개묘차가 커서 우리 집 다섯 마리도 발톱 깎기에 임하는 자세가 다 다르다. 제일 수월한 녀석은 고로인데 이놈은 발톱이 100개라도 즐겁게 깎을 수 있을 것 같다. 그다음에 쉬운 고양이는 진고. 순하지만 발톱이 두꺼워서 주의가 필요하다. 다음은 동동이. 싫은 기색이 역력하지만 잘 참아줘서 고맙다. 코깜이는 냥냥거리면서 꼬릿한 냄새가 나는 발로 내 입을 자꾸 막아댄다. 그래도 어찌어찌 달래서 발톱 깎기를 마칠 수 있다. 하지만 호순이는 발톱만 깎으려고 들면 한 마리의 날뛰는 짐승이 된다. 어떤 이유인지는 알 수 없지만 발톱 깎기가 너무 싫단다. 그래서 발톱을 깎으려다 엄청나게 할퀴고 물렸다. 지쳐서 몇 달 동안 아예 발톱을 깍지 않은 적도 있다. 그러다 우연히 호순이가 좋아하는 헤어볼 제거제를 주면서 발톱을 깎았는데 이게 효과가 엄청났다. 먹는 데 정신이 팔려서 발톱을 깎아도 거기에 신경을 쓰지 않았다. 이 별거 아니면서도 대단한 기술을 이제야 익히다니. 호순이와 전쟁을 벌였던 지난 세월 동안 나는 무엇을 했던가. 완벽한 고양이 집사를 향한 길은 계속된다. 🐾

자신감도 상승했으니 고객층을 넓혀볼까?

소녀, 동동이라 하옵니다.

동대문에 살던 고양이,
동동

소녀 동동은 종로구 동대문 앞에 자주 웅크리고 있었다고 한다. 작고 가녀린 몸에 얌전한 자태는 지나가는 이의 발길을 붙잡았다. 이윽고 동동이는 동대문을 떠나 사람과 함께 살게 되었다. 소녀 동동은 착하고 상냥했다. 사람을 귀찮게 하거나 말썽을 부리지 않았다. 배고플 때는 "냐아" 하고 작은 목소리로 울고 무릎에 올라와 골골거렸다. 진고, 고로, 호순이 그리고 코깜이란 이름의 고양이들과 함께 살게 됐을 때 사람들은 동동이를 걱정했다. 가녀린 동동이가 다른 고양이들의 등쌀에 시달리지는 않을까. 그러나 고양이들과 처음 만나던 날, 소녀 동동은 갑자기 한복을 벗더니 온몸이 단단한 고로를 때렸다. 까칠한 호순이의 기를 꺾었다.

소녀 동동이는

집에 오자마자 본색을 드러냈다.

고로를 단숨에 제압하고

코깜이마저 날려버렸다.

덩치는 크지만 순한 진고는 동동이가 한쪽 발을 올리기도 전에 알아서 기었다. 눈에 보이는 게 없는 캣초딩 코깜이도 단숨에 제압했다. 동대문 앞 조신한 소녀 동동은 사라졌다. 한복 대신 교복을 입은 불량한 소녀 동동은 네 마리의 고양이를 밑에 둔 이 구역의 대장이 되었다. 🐾

잠자기 전에 스마트폰을 하다가

울음을 터트렸다.

한참을 울었다.

키우던 고양이를 무지개다리 너머로 보낸
이야기 때문이었다.

당신은 이제
큰일났다

고양이를 좋아하게 된 당신은 이제 큰일났다.

골목골목 숨어 있는 고양이를 발견할 때면

반가우면서도 녀석들의 앙상한 모습에 가슴이 저릴 것이다.

컴퓨터를 할 때는 또 어떤가.

직접 본 적도 없는 화면 너머 고양이의 안부가 궁금하고

유난히 마음이 가던 누군가의 고양이가 별이 되었을 때는

자신도 모르게 같이 눈물을 흘릴 것이다.

길에서 눈이 마주친 고양이를 애써 뒤로하고 돌아온 날에는

미안한 마음에 괜히 나의 고양이를 더 힘껏 안아주게 될 것이다.

각자 할 수 있는 만큼

나만의 고양이가 아닌 우리의 고양이를 위해

마음을 내어주게 될 것이다.

나의 고양이 한 마리를 품에 안았을 뿐인데
세상 모든 고양이들이 가슴에 들어온 기분일 것이다.

고양이를 좋아하게 된 당신은 이제 큰일났다.
더 많은 기쁨을 느끼게 될 테니까.
더 많은 슬픔을 느끼게 될 테니까.

깊은 밤 눈물이 나는 건 고양이와
그 고양이를 잃은
사람에 대한 안타까움이 반

나머지 반은 내가 앞으로 겪을
이별이 두려워서이다.

고양이로 인해 행복을 알게 됐으니 그만큼의 슬픔도 우리의 몫.

검은색 말고
알록달록하게

고양이와 함께 살면 어쩔 수 없이 일상은 달라진다. 고양이에게는 힘이 있기 때문이다. 고양이와 함께하면 마음의 평화를 얻을 수도 있고 용감해질 수도 있다. 삶을 열심히 살게 하는 동기부여가 되기도 하고 더 부지런해지거나 반대로 게을러질 수도 있다. 일상과 인생을 바꾸는 커다란 힘. 사람마다 다 다르겠지만 내 인생을 바꾼 건 고양이의 컬러 파워였다. 고양이와 함께 내 삶이 말 그대로 다채로워졌다.

나는 검은색 옷을 좋아했다. 대학생 때 사진을 발견했는데 한여름에도 검은색 블라우스를 입고 웃고 있었다. 무슨 색을 살까 고민하지 않아도 되고 날씬해 보인다는 이유로 검은색 옷을 자주 입었다.

만약 이런 질문을 받는다면

조금 망설인 후 이렇게 말할 것이다.

고양이와 같이 살기 전에는
검은색을 제일 좋아했다.

검은색 옷에 고양이털이 이렇게 많이
달라붙을 줄은 몰랐다.

점점 검은색 옷은 사라지고

옷장이 알록달록해졌다.

알록달록한 그림도 그리게 되고

고양이 덕분에 내 인생이 다채로워졌다.

...

　　고양이를 키우기 전에 고양이털이 많이 빠진다는 이야기를 들었지만 조그만 몸에서 털이 얼마나 나오겠느냐고 콧방귀를 꼈다. 그리고 곧 고양이털의 늪에 빠지게 됐다. 남들은 고양이털을 제거하기 위해 더 부지런하게 세탁을 하고 털을 뗀다지만 나는 털이 붙는 속도보다 부지런하지 못했다. 대신 옷장에 있는 검은색 옷을 하나씩 버렸다. 옷을 살 때는 털이 잘 붙지 않는 소재와 털이 붙어도 티가 덜 나는 색으로 골랐다. 그러다 보니 어두웠던 옷장이 밝아졌다. 이제 검은색 옷은 바지 한 벌 정도다. 그래서 간혹 장례식장에 가야 할 때마다 난처하다. 옷장이 밝아진 덕분인지 어쩌다보니 알록달록한 그림도 그리게 됐다. 뭐가 좋고 나쁜지는 모르겠다. 하지만 내 인생은 달라졌고 모든 것은 고양이 컬러 파워 덕분이다. 🐾

다시
시작하고 싶다

봄이 언제부터 시작됐느냐고 묻는다면

아마 이때부터였다고 대답해야지.

보송보송 솜털 옷 입고 차가운 눈보라를 말 없이 맞던

목련 꽃눈을 본 날.

겨우내 조용히 속삭이던 새들이 시끄럽게 울어대던 날.

까치가 분주하게 나뭇가지를 물어 집을 고치기 시작한 날.

길을 걷다 갑자기 봄 냄새를 맡았던 날.

무거운 겨울옷을 벗어버리고

가벼워지고 단정해지고 싶은 기분이 든 날.

모든 걸 다시 시작하고 싶다고 생각한 날. 🐾

아직 추운 겨울날,
솜털 옷을 입은 꽃눈을 발견했다.

까치가 바쁘게 집을 고치고

새들이 노래하기 시작했다.

그렇게 봄이 오고 있다.

술 취해서
넘어진 거예요?

입이 얼마나 간질거리는지 모르겠다. 얼마 전에 호순이가 점프를 하다가 내 이마 위에 상처를 냈다. 다음 날 회사에 가니 무슨 일이냐며 사람들이 물어왔다. 고양이 집사 11년차인 나는 침착하게 미리 생각해둔 답을 말했다. 넘어져서 가구 모서리에 긁혔다고.

"술 취해서 넘어진 거예요?"

상대방의 대답에 순간적으로 술주정뱅이가 됐지만 더는 의심받지 않아 기뻤다. 고양이를 키우는 사람이 봤다면 분명 내 거짓말에 속아 넘어가지 않았을 것이다.

. . .

모서리에 긁혔다고 하기에는 너무 상처가 날카로웠으니까. 그런 상처를 만들 수 있는 건 다듬지 않은 고양이 발톱뿐이다. 이렇게 이야기를 하니 속이 다 시원하다. 말이 나온 김에 조금 더 이야기해야지. 작년에는 고양이 다섯 마리를 줄줄이 목욕시키다가 한동안 한의원에 다녔다. 뚱땡이 고양이라면 얌전하기라도 해야 되는데 육중한 몸을 비틀면서 난리를 치는 바람에 호순이를 씻기다가 욕실 바닥에 나동그라졌다. 허리가 삐끗하는 느낌이 있었는데 다섯 마리 중에 아직 두 마리가 더 남아서 그 상태로 나머지 아이들을 다 목욕시키고 났더니 허리가 고장. 한의사 선생님이 뭐 때문에 다쳤다고 물어봤지만 난 그때도 "헤헤. 무거운 거 들다가요"라고 얼버무렸다. '무거운 거는 무거운 게 맞지요. 얼마나 무거운지 몰라요. 고로와 진고는 둘 다 7키로구요. 호순이는 5.5키로구요. 그나마 가벼운 코깜이가 5키로 동동이가 4키로예요. 그것들을 차례대로 껴안고 목욕을 시키다가 저의 허리가 이 지경이 되었답니다'라고 속으로만 고백했다. 이것뿐만 아니다. 종종 장난을 치다가 고양이 발톱에 다친 자잘한 상처도 있다.

213

. . .

    동물병원에서 겁에 질린 고로와 호순이에게 물려 수의사 선생님한테 내 손을 치료받은 적도 여러 번이다. 고양이는 동물이다. 아무리 순해도 갑작스런 상황에서 사람에게 상처를 입힐 수 있다. 일부러 집사를 공격해서 상처를 입히는 고양이는 없을 것이다. 고의가 아니라는 걸 알기에 동물병원에서 사람인 내 손을 치료받는 어처구니없는 상황이 생겨도 웃었다. 단 한 번도 애들이 나에게 입힌 상처 때문에 화난 적은 없다. 다만 안 그래도 고양이에 대한 인식이 안 좋은 사람들이 많은데 고양이가 물거나 할퀴어서 이런 상처가 났다고 말하는 게 조심스러울 뿐이다. 그러다 보니 나도 모르게 거짓말이 늘었다. 그러나 오늘만큼은 다 말해야겠다.

    "여러분 고양이가 할퀸 상처 하나둘씩은 있어야 고양이 집사잖아요. 그렇죠? 나만 이런 건 아니죠?" 🐾

봄은
고양이처럼

봄을 맞아 뭐든 새롭게 시작하고 싶은 마음이 들었다. 습관적으로 뭐가 필요한지부터 궁리했다. 가벼운 봄 외투도 사고 싶고 좋은 향기가 나는 바디로션도 사고 싶었다. 요가복을 새로 사면 더 가볍게 운동할 수 있을 것 같았다. 인터넷을 뒤지다 보니 진분홍 구두도 사고 싶고 적당한 사이즈의 핸드백도 필요했다. 몇 가지만 사려고 했는데 쇼핑을 하다 보니 사면 살수록 사고 싶은 게 늘었다. 바디로션 하나만 사려고 쇼핑사이트에 들어갔다가 수분크림, 아이크림, 풋크림까지 사서 정작 제일 필요한 봄 외투 살 여윳돈이 없어졌다. 통장 잔고를 생각하면 여기서 멈춰야 하는데 중독이라도 된 듯 손가락이 자기 멋대로 움직였다.

한 마리의 고양이가 다른 고양이를 부르는 것처럼

쇼핑은 또 다른 쇼핑을 낳는다.

끝없는 쇼핑의 굴레에서
헤어 나오지 못하고 있었는데

어디선가 날아오는 털바람에
정신을 차려보니

고양이들이 털갈이를 하면서 봄을 준비하고 있었다.

...

추운 겨울이 마침내 끝나고 따듯한 봄을 맞는 건 고양이들도 마찬가지이다. 평소보다 많은 털을 뿜어내며 몸을 가볍게 만들고 있었다. 베란다를 통해 아침에만 잠깐 들어오는 희미한 햇빛 아래서 킁킁 냄새를 맡는다. 추위 탓인지 창을 열어도 밖에 관심이 없더니 봄이 와서 새들이 지저귀니 한참이나 창밖을 바라본다. 봄이 주는 설렘은 사람도 고양이도 마찬가지일 텐데 그들이 봄을 맞는 방식이 단순하면서도 사랑스러웠다.

생각해보니 나는 귀여운 핸드백 없이도 잘 지냈고 진분홍 구두 없이도 운동화를 신고 잘 걸어 다녔다. 봄을 맞기 위해 왜 그렇게 많은 돈을 쓰려고 했을까. 지금 생각해도 뭔가에 홀린 기분이다.

앞으로 봄은 고양이처럼 맞아야지.

가볍고 단순하고 기분 좋게. 🐾

으,
미운 사람

사회생활을 하다 보면 미운 사람이 생기기 마련이다. 사람을 미워하는 만큼 부질없는 일이 없다고 믿는다. 하지만 스트레스를 받는 상황에서 서로 부대끼다 보면 마음을 다잡아도 소용이 없다. 사람 때문에 감정 상해봤자 내 마음만 다치지 싫어 애써 자신을 다독이면서 일을 마쳤지만 진이 빠졌다. 오직 일 때문에 얼굴을 봐야 하는, 내 인생에서 중요하지도 않은 사람에게 부정적인 영향을 받았다는 생각에 우선 자존심이 상했다. 순발력이 없어 그 자리에서 바로 맞받아쳤어야 했는데 어리바리 넘어간 것도 분했다.

미운 사람이 생겼다.

미운 고양이가 생겼다.

그 사람에게 당한 일이
자꾸 생각난다.

이 부정적인 감정을
어떻게 해야 하나.

그 고양이에게 당한 일이
자꾸 생각난다.

．．．

    기분이 안 좋아서 그냥 늘어지고 싶었는데 갑자기 무라카미 하루키의 《달리기를 말할 때 내가 하고 싶은 이야기》의 한 구절이 떠올랐다. 분한 일을 당하면 그만큼 자기 자신에게 화풀이를 하면 된다고. 분한 만큼의 자기 단련. 그래서 나도 그날 운동을 가서 평소보다 더 열심히 달렸다. 달릴 때마다 그 사람에 대한 화가 모락모락 피어났지만 숨을 가다듬고 시선을 한곳에 두고 다리가 움직이는 느낌에 더 집중을 하려고 노력했다.

    사실 그렇게 운동을 하고도 그날 밤 침대에 누워 나는 그 사람을 생각했다. 미운 사람. 너무나 미운 사람. 하지만 내 자신이 대견했다. 미운 마음에 지지 않았다. 결국 그 사람에게도 지지 않았다는 생각이 들었다. 밉고 분한 마음은 언젠가 사라질 것이다. 그리고 나는 조금 더 자라 있겠지. 그랬으면 좋겠다. 🐾

누군가로 부터 까닭 없이
(라고 적어도 내가 생각하기에)
비난을 받았을 때,
또는 당연히 받 아들일 거라고
기대하고 있던 누군가로 부터
받아들여지지 못했을 때,
나는 여느 때보다 조금 더 긴 거리를
달리기로 작정했다.

그리고 여느 때보다 긴 거리를 달린 만큼,
결과적으로는 나 자신의 육체를
아주 근소하게나마 강화한 결과를 낳는다.
화가 나면 그만큼 자기 자신에게
분풀이를 하면 된다.
분한 일을 당하면 그만큼
자기 자신을 단련하면 된다.

무라카미 하루키의 《달리기를 말할 때 내가 하고 싶은 이야기》의
한 구절이 떠올랐다.

평소보다 힘을 다해 운동을 했다. 평소보다 정성스레 털을 다듬었다.

분한 마음이 한 방에 날아가지는 않았지만 미움을 나를 위한 원동력으로 썼다.

타인에게 받은 상처로
조금 더 단단한 우리가 되기를.

고양이 사무실의
월요일

월요일 아침, 무거운 마음으로 출근할 준비를 하다가 아침밥을 먹고 곤히 잠든 고양이들을 봤다. 이대로 고양이 사이를 파고들어 눕고 싶지만 그럴 수 없다. 그렇다면 고양이들과 같이 사무실에 가면 어떨까? 덩치가 가장 큰 진고는 짐을 나르고 앞발 힘이 센 고로에게는 서류철을 맡기면 되겠다. 집에서 컴퓨터만 하면 책상 위로 올라와 키보드를 밟고 지나가는 호순이에게는 타이핑을 맡기고 커피는 깔끔한 코깜이가 타주면 맛있겠지.

몽글몽글한 찹쌀떡 같은 발로 열심히 일하는 고양이들의 모습을 보면 아무리 짜증나는 월요일이라도 새어나오는 웃음을 참을 수가 없을 것 같다.

고양이 손을 빌리면
힘든 업무도 즐겁게 해낼 수 있어.

동동이에게는 제일 중요한
업무를 맡겼다.

짜증나게 하는 말을 일삼는
사람의 입 막기.

．．．

삭막한 사무실에서 마음이 지치면 따뜻하고 보드라운 등에 얼굴을 잠시 대고 기운을 내야지. 참, 아직 동동이에게는 할 일을 말해주지 않았다. 우리 집 서열 1위 무서운 언니 동동이를 위한 업무는 따로 준비했다. 입만 열면 신경을 거슬리는 말을 하는 사람의 입을 막아줘.

우리는 한 몸이니까.

어디든 같이 갈 거야. 오묘五猫와 함께라면 아무리 힘든 일도 가뿐하게 처리할 수 있어.

우리는 한 몸이니까.

아무도 우리를 서로에게서 떼놓을 수 없어. 🐾

초보 채식주의자의
경험

동물을 좋아한다. 오래전 신문에서 영화배우 내털리 포트먼의 인터뷰 기사를 봤다. 신념을 위해 채식을 한다는 말이 멋있게 들렸다. 소도 돼지도 닭도 물고기도 새우도 내 눈에는 너무나 귀여운데 그것들을 꼭 먹어야 하는가 하는 회의는 평소에도 있었다. 그래서 나도 도전했다. 생명은 소중하다는 마음의 소리를 따르기로 결심했다.

초보 채식주의자라서 먼저 소고기, 돼지고기, 닭고기를 먹지 않기로 했다. 그렇게 7개월을 보냈다. 가장 먼저 깨달은 것은 대한민국에서 사회생활을 하면서 채식을 하기가 얼마나 어려운가였다. 밖에서 밥을 먹어야 하는데 식당에는 채식주의자를 위한 메뉴가 거의 없다.

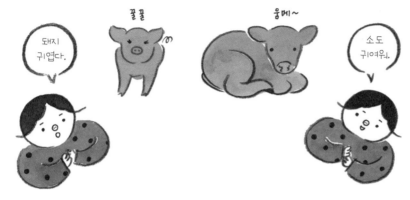

딸기우유색 아기 돼지는 얼마나
귀여운지.

송아지의 까만 눈망울은 별같이
반짝인다.

좀 전에 귀엽다던 아기돼지는
금세 잊고 곱창을 먹는 나.

<워낭소리>를 감동 깊게 보고도
소고기를 먹는 나.

비지찌개를 먹어도 된장찌개를 먹어도 고기가 들어 있는 경우가 많았다. 오므라이스를 먹어도 밥 안에 햄이 들어 있다. 사람들의 시선도 신경이 쓰였다. 회식의 주 메뉴는 고기인데 회식 자리에서 삼겹살은 빼고 상추에 밥만 싸 먹으면 사람들이 왜 그러느냐고 물어봤다. 채식을 시도 중이라고 하면 별나다는 반응이었다. 동물만 불쌍하냐고 식물도 생명인데 야채랑 과일은 왜 먹느냐고 하는 사람도 있었다.

그 사이에 영국 여행을 다녀왔는데 영국에서 1주일 동안 정말 편하게 채식을 할 수 있었다. 식당마다 비건 메뉴가 준비돼 있었고 심지어 기차에서 제공되는 식사 메뉴에도 비건용이 따로 있었다.

7개월간 채식을 간신히 이어나가고 있을 때가 하필 직장에서 가장 스트레스를 많이 받을 시기여서 건강이 나빠졌다. 한의원에서 치료를 받는데 몸이 허약해져서 탈모까지 진행되고 있다고 했다.

왜 귀여운 것들이 맛도 좋을까?

왜 내 마음과 입맛은
따로 노는 것일까?

횟집 좁은 수족관에 몸을 구겨 넣은
광어와 눈이 마주쳤다.

차마 오늘은 생선을 먹을 수 없었다.

한의사 선생님께 고기를 먹지 않는다고 하자 지금 체력도 바닥인데 고기까지 먹지 않으면 큰일난다고 다시 고기 먹기를 권유받았다. 사실 하루하루 겨우 사무실에 나가는데 식사 메뉴를 고를 때마다 겪는 번거로움과 별나다는 시선이 부담스러웠던 차였다. 한의사 선생님의 말이 고맙게 느껴질 정도였다. 그렇게 나의 짧은 채식 도전기는 막을 내렸다. 실패뿐인 도전은 아니었다. 7개월 동안 소고기, 돼지고기, 닭고기를 먹지 않았다. 그 정도로 고기를 먹지 않으면 고기가 먹고 싶다는 생각이 들 법도 한데 신기하게도 고기를 먹고 싶다는 생각이 들지 않았다.

지금 나는 고기를 먹는다. 내털리 포트먼도 임신 후에 아이를 위해 고기를 먹기 시작했다는 기사를 본 기억이 난다. 고기는 맛있다. 고기를 제공해주는 동물은 귀엽다. 언젠가는 왔다 갔다 혼란스러운 생각을 진정시키고, 진정한 마음의 평화를 위해 다시 채식을 시작하고 싶다. 🐾

출근 대신
방랑으로

한동안 사무실에 출근하기가 미치도록 싫었던 적이 있다. 잠들기 전에 침대에 누워 세상에서 제일 서러운 사람처럼 울었다. 울다 지쳐서 잠이 들어도 그때뿐 어김없이 아침은 다가오고 다시 출근을 해야 한다. 몸과 마음이 모래주머니를 주렁주렁 단 것처럼 무거웠다. 무서웠다. 버텨야 한다는 생각, 일단 출근을 하면 시간이 흐르고 퇴근이 다가온다는 희망으로, 두 손으로 몸을 감싸쥐고 달래며 겨우 회사에 갈 준비를 했다.

그런 날이 반복되던 그 계절. 더 이상 참을 수가 없을 때 나는 상상했다.

출근이 미치도록 싫을 때는

이대로 문밖을 나서서

공항 가는 버스를 타는 상상을 한다.

제주도로 떠나자.

．．．

집을 나서면 출근하는 길과 반대로 걸어갈 거야. 공항버스를 타고 김포공항에서 가장 빠른 제주도행 비행기 티켓을 끊어야지. 핸드폰은 꺼놓고 사무실, 가족, 고양이 모두 뒤로하고 무작정 제주로 갈 거야. 초록빛 푸른 바다를 바라보며 모든 걸 잊게 해주는 커피 한 잔을 마실 거야. 인적이 없어서 더 아름다운 숲속으로 들어가 오래도록 나무를 바라보고 새소리를 들을 거야.

바다와 숲을 다 걷고 나면 검은 돌담이 정겨운 제주의 골목을 걸어야지. 이대로 돌아가지 않을 거야. 걷고 또 걷고 걸을 거야. 내 마음이, 내 발길이 이끄는 대로. 🐾

탁 트인 바다를 따라 한없이 걷다가   아주 오랫동안 커피를 마시고 싶다.

인적 없는 제주의 숲에서 나무를 바라보고   정겨운 돌담길 골목골목을 걷고 싶다.

사실 나는
느린 사람이에요

나는 오랫동안 스스로 성격이 급하다고 생각했다. 설거지도 급하게 해치우고 샤워도 후딱 끝냈다. 밥도 빨리빨리 먹고 타이핑도 손가락이 아프도록 빠르게 했다. 누가 쫓아오는 것처럼 쌓인 일을 처리했다. 몇 년 전 집에서 나도 모르게 싱크대 앞에 서서 허겁지겁 밥을 입안으로 밀어 넣는 자신을 발견했다. 뭔가 잘못됐구나 싶었다. 그날은 휴일이었고 아무 약속도 없던 날이었다. 급하게 밥을 먹을 이유가 하나도 없었다. 그날 이후 내가 무엇을 좋아하고 무엇을 싫어하는지 어떤 사람인지 돌아봤다. 그러면서 사실 나는 느린 사람이란 걸 깨달았다. 급한 마음으로 일을 하면 안 되는 사람이었다.

모처럼 맞은 평일의 휴가.
낮게 핀 민들레를 구경하고

콧노래를 부르며 어슬렁어슬렁
길을 걸었다.

덤불 속에 앉은 딱새를 발견할 정도로
천천히 걷다 보니

이상한 기분이 들었다.

직장에서는 전속력으로 달려야 한다.

과열된 심장은 퇴근 후에도 주말에도
쉽게 가라앉지 않는다.

나는 강요된 속도로 달려왔구나.

．．．

느리게 걷고 한 걸음마다 주위를 둘러보는 것을 좋아한다. 민들레 위에 앉은 벌을 구경하는 걸 좋아한다. 새소리가 날 때마다 새가 어디에서 지저귀는지 찾아본다. 구름이 천천히 흘러가는 모양을 원 없이 보고 싶다. 내가 존재하고 있는 모든 순간을 공들여 보고 만지고 느끼고 싶다.

그동안 억지로 몸과 맘을 달달 볶아가며 다른 사람의 속도에 맞추려 하다 보니 많이 아팠다. 지금도 직장에서는 어쩔 수 없이 전속력으로 달려야 하지만 그전처럼 이게 내 진짜 속도라고 속지 않는다. 시간이 날 때마다 급한 마음을 버리고 천천히 생각하고 움직인다. 내 속도를 잊지 않기 위해. 🐾

느리게 천천히 그렇게 살고 싶다.

언젠가, 꼭,
이렇게

그림을 처음 그리기 시작했을 때의 마음이 변하지 않으면 좋겠다. 내게 그림이란 영원히 좋아서 하는 일이었으면 한다. 훌륭한 작품을 보면 나도 저렇게 그리고 싶다고 생각한다. 그러기 위해서는 많은 연습이 필요하다. 하지만 잘 그리고 싶은 마음보다 즐기면서 그리고 싶은 마음이 크다. 그래서 그림을 그린 지 8년이 지난 지금도 내 그림이 엉성한가 보다. 늘지 않는 그림 실력을 가지고 잘도 포기하지 않고 여기까지 왔다 싶다. 재능도 투지도 끈기도 없이 어떻게 그림을 계속 그렸느냐면 그건 feel, 소위 말하는 '삘' 덕분이다.

· · ·

꾸준히 그리고 싶은 것이 떠올랐다. 고군분투하며 종이 위에 이미지를 옮겨놓으면 결과는 상상보다 초라하지만 그 과정이 즐겁다. 하지만 삘에만 의존하자니 기복이 심하다. 한 장도 그리지 못하고 몇 달이 지나가기도 한다. 간만에 손이 근질거려 책상에 앉아서 연필을 들었는데 책상이 더러워서, 배가 아파서, 고양이들의 방해로 한껏 오른 삘이 단숨에 사라지기도 한다. 이대로 그림을 그리지 못하는 것인가, 포기 직전에 삘이 와서 근근이 새로운 그림을 그린다. 삘 없이도 그림을 그릴 수 있는 날이 내 그림 인생에서 취미란 단어를 떼 버릴 수 있는 때다.

저는 취미로 그림을 그리는 진고로호입니다. 제 그림은 아직 어설퍼요, 라고 말하는 것이 지겨워지고 있다. 그림 그린 지 10년이 되는 해에는 꼭 이렇게 말하고 싶다.

"저는 그림을 그리는 진고로호입니다. 저는 항상 그림을 그려요. 저는 제 그림이 정말 좋아요. 당신도 제 그림이 마음에 드시나요?" 🐾

"삘" 없이 그림을 그리게 되면
나도 작가가 될 수 있을까

동쪽의 태양이 서쪽으로 사라질 때까지

연둣빛 새싹이 끝내 땅에 떨어지는 낙엽이 될 때까지

고양이 관찰자의
시선

내가 세상에서 가장 좋아하는 일이 있다. 고양이 곁에 누워 그들을 한없이 바라보는 것. 침대 끝에 얌전히 앉은 고양이 옆에 살금살금 다가가 눕는다. 정성스레 앞발에 침을 묻혀 얼굴을 닦는 모습을 구경한다. 분홍색 발바닥을 조심스레 만져보기도 한다. 본격적으로 자세를 잡고 포동포동한 배를 접어 온몸을 핥아대는 모양에 웃음을 터트린다. 그러다 고양이가 잠에 빠지면 하얀 배에 얼굴을 묻는다. 배를 살살 만져주니 자면서도 기분이 좋은지 그릉그릉거린다. 갑자기 몸을 비틀어 기지개를 켜고 귀여운 얼굴을 내 손에 비빈다. 아주 잠시라고 생각했는데 고양이를 바라보는 사이에 시간이 한참 흘렀다. 마법처럼 아주 많은 시간이 나에게 주어진다 해도 고양이와 함께하는 시간은 언제나 모자랄 것이다.

해가 끝없이 뜨고 지고 세상의 모든 새싹이 낙엽이 되고 우주의 모든 별이 사라진다 해도 그들과 함께라면 나는 영원히 시간의 흐름을 느끼지 못할 것이다. 🐾

세월이 정신없이 흘러

어쩌면 우주의 모든 별이 폭발할 때까지도 고양이와 함께 있으면 시간의 흐름을 느끼지 못할 것 같다.

혼자 있는
시간

오전 내내 사무실이 시끄러웠다. 머리가 지끈지끈했다. 점심시간에 혼자 근처 카페로 갔다. 동료들과 같이 점심을 먹고 수다를 떠는 시간도 좋지만 가끔은 점심시간만이라도 혼자 있고 싶어진다. 온종일 물속에서 숨을 참고 있다가 아주 잠깐 수면 위로 올라와 상쾌한 공기를 마시는 기분이다.

무슨 생각을 하는지 알 수는 없지만

고양이도

혼자만의 시간이

필요하다.

끊임없이 사람들과 부대끼다

사무실 안에서
내가 사라질 것 같으면

점심시간에 혼자 나온다.

책 한 권을 들고 카페로 간다.

심호흡을 하면서 어지러운 정신을 가다듬는 시간. 진한 커피를 마시며 좋아하는 것을 떠올릴 수 있는 시간. 억지로 미소를 짓지 않아도 되는 시간. 어두컴컴한 사무실에서 아련하게 바라만 보던 햇볕을 온몸으로 쬘 수 있는 시간. 그렇게 해방감을 느끼고 있는데 동료 하나가 들어와서 커피를 시킨다. 둘이 눈이 마주쳤다. 당신도 혼자 있는 시간이 필요하군요. 맞아요. 우리는 모두 혼자 있는 시간이 필요해요. 🐾

내가 나임을 잊지 않게 해주는 혼자만의 시간.

그래도
기댈 수 있는 것은

돈을 벌기 위해서는 싫어하는 것을 참아내야 함을 깨달았을 때 그림을 그리기로 결심했다. 직장에서 떠난 1박 2일 워크숍의 마지막 점심시간이었다. 집에 가고 싶은 마음을 꾹 참으며 하룻밤을 보낸 참이라 조금만 있으면 집에 갈 수 있다는 기대에 부풀어 있었다. 마침 밴쿠버 동계 올림픽 피겨 경기가 있었다. 밥을 먹으며 김연아 선수의 경기를 숨죽여 봤다. 아름다워서 눈물이 날 것 같았다. 경기가 끝나자 다른 직원들이 이왕 여기까지 왔으니 노래방이라도 들렀다 가자고 시끌벅적했다. 뜬금없이 그림을 그려야겠다는 생각이 들었다. 김연아 선수의 아름다운 경기 모습과 그림이 무슨 상관인지 모르겠지만 간절히 그림이 그리고 싶었다.

비정규직으로 일하다 제대로 된 직장에 들어갔다.

참고 견뎠다.

그곳은 내가 생각하던 것과 달랐다.

．．．

　열심히 준비해서 들어온 직장인데 기대와 많이 달랐다. 매일이 참고 견디는 날의 연속이었다. 답답하고 힘든 시간 속에서 기댈 수 있는 그 무언가가 필요했다. 오랫동안 마음속에만 품고 있던 꿈이 떠올랐다. 그래, 그림을 그려보자. 억지로 해야 하는 일이 아니라 내가 하고 싶은 일을 해보자. 그렇게 중얼거리며 서울로 돌아오는 길에 바로 일반인을 위한 취미 미술학원에 등록했다.

　어두운 길 멀리 보이는 불빛을 따라 가느다란 실 같은 그림을 붙잡고 조금씩 걸어왔다. 이 실의 끝이 꼭 출구가 아니어도 좋다. 실을 따라 가는 길이 다시 제자리로 돌아오는 길이라도 괜찮다. 수많은 지금을 견디게 해준 말하기도 어색한 꿈이란 단어를 가슴에 품게 해준 내 희망의 실이 고맙다. 🐾

네 잔째

그래,
이 맛에
살지!

친한 사이에서만
할 수 있는 말

나에게는 공공연한 비밀이 있다. 고양이 다섯 마리와 함께 산다는 것. 특히나 직장에서는 아주 친한 사이가 아니면 절대 고양이에 대해 말하지 않는다. 사회생활을 하면서 사생활 이야기는 최대한 하지 않는 편이 좋다고 생각한다. 직장 내 분위기가 보수적이다 보니 고양이 다섯 마리를 키운다고 하면 대충 어떤 반응이 나올지 짐작이 돼서 더 입을 꽉 다무는 이유도 있다. 그렇지만 직장에서도 마음을 열고 싶은 사람을 만나기 마련이다. 일을 떠나서 개인적으로 친해지고 싶은 사람을 운 좋게 나는 여러 명 만났다. 그런 사람을 만나면 기회를 봐서 동물을 좋아하다는 사실을 고백한다.

준비 단계 : 인사하기

1단계 : 동물 사랑을 고백

2단계 : 고양이 사랑을 고백

3단계 : 고양이 집사임을 고백

마지막 단계 : 다섯 마리 고양이 집사임을 고백

...

점심을 먹으러 나갔다가 주인과 산책하는 개를 만나면 개를 좋아한다고 말한다. 상대방이 같이 개를 좋아하는 사람이면 더 반갑지만 동물을 좋아하든 싫어하든 상관은 없다. 내가 무엇을 좋아하는지 편견 없이 그 사실을 받아들여주는 사람이면 다음 단계로 넘어갈 수 있다. 동물을 좋아한다는 사실을 말하고 나서는 고양이를 좋아한다고 말한다. 상대방이 우연히 고양이를 좋아한다면 내 가슴도 같이 쿵쾅거린다. 개는 좋지만 고양이는 눈이 무섭다고 말해도 실망하지 않는다. 계속 친해지다가 마음을 좀 더 열어도 좋겠다는 판단이 들면 이번에는 먼저 이건 비밀인데, 라며 고양이를 키운다고 고백한다. 그렇게 친한 사이가 되면 마지막으로 조심스럽게 고양이를 다섯 마리 키운다고 말한다. 사무실에서는 꼭 비밀로 해줘, 라는 말을 덧붙이면서 핸드폰을 뒤져 고양이 사진을 보여준다. 이제 정말 정말 친한 사이가 되는 것이다. 고양이에 관심이 있거나 없거나 상관없이 내 고양이의 안부를 묻고 "첫째 고양이 이름이 진고였던가?"라며 다섯 마리 고양이의 이름을 기억하려고 애써주는 그들과 나는 친한 사이. 나에게 고양이 다섯 마리가 있다는 사실을 알고 있는 누구라도 나와 친한 사이.

270

이제 나와 당신은 친한 사이입니다

사무실에 있는데
비가 내리면

사무실에 있는데 비가 내리면 참을 수 없이 집으로 돌아가고 싶다. 빗방울이 똑똑 기억의 문을 연다. 손은 바쁘게 타이핑을 하고 있지만 신기하게도 내 인생의 모든 비오는 날이 생생하게 살아나는 기분이다. 천둥이 치고 바람은 윙윙 소리를 내는데 단칸방 한구석에서 나와 내 동생은 세상에서 가장 따뜻하고 아늑한 이불 속에 누워 있다. 엄마는 주부들이 나오는 가요 프로그램을 보고 나는 동화책을 읽는다. 그리워라. 그 시절을 더 음미하고 싶은데 기억은 또 다시 다른 순간으로 이동한다.

시험 기간이었는데 비가 내렸다. 집에 돌아오니 아무도 없었다. 시원하게 창문을 열고 침대에 앉아 책을 읽었다. 거실은 어둑어둑하고 내 방만 불이 환하게 들어와 있다. 집은 조용하고 시험공부를 내팽개치고 읽는 책이 꿀처럼 달다.

까야

친구들과 비오는 날 함께 보는
공포 영화는 정말 무서웠다.
그리운 비 오는 날의 기억 속에서
나는 언제나 집에 있다.

쏴아

집에 가서
고양이들이랑
놀고 싶다.

빗소리가 커질수록 마음이
추억을 넘어 집으로 달려간다.

이번에는 친구네 집이다. 안 그래도 어두운 단독주택인데 비까지 내리니 바로 옆 주방에 가기도 무서운 생각이 든다. 이불을 덮고 친구들과 공포 영화를 봤다. 영화를 보는 내내 손으로 얼굴을 가렸지만 소리를 듣는 것만으로도 머리카락이 쭈뼛거렸다.

비는 그칠 줄을 모르고 더 세차진다. 마음이 집으로 달려간다. 매일 돌아가지만 언제나 그리운 그곳. 고양이와 이불과 책이 있는 나의 작고 따뜻한 집. 🐾

새장 안
살찐 새 한 마리

언제나 선택은 내 몫이다. 하고 싶으면 하고 그만두고 싶으면 그만두면 된다. 하고 싶지만 할 수 없다는 말처럼 비겁한 변명은 없다.

나는 평생을 새장 안에서 지냈다. 따뜻한 햇살 아래 반짝반짝 빛나는 아름다운 풍경을 보면서 앉아 있었다. 파란 하늘을 날아다니는 새를 볼 때마다 '부러워. 나도 저렇게 날고 싶어'라고 중얼거렸다. 새장 문에 매달려 흔들어보기도 했다. 날개를 파닥이면서 나는 흉내를 내보기도 했다. 진심으로 밖으로 나가고 싶었다. 그러다 내 목에 매달린 열쇠를 보게 됐다.

좋아하는 작가의 전시에 갔다가

그림 앞에서 깨달았다.

나는 길들여졌다.

나는 길들여진 작고 통통한 새다.

．．．

밖으로 나갈 수 있는 열쇠를 목에 걸고 있으면서도 나는 그 사실을 몰랐다. 이제 나갈 수 있다. 언제든지 내가 원할 때 나갈 수 있다. 그런데 이상하다. 정작 열쇠가 내 손에 있다는 것을 알게 되자 덜컥 겁이 났다. 나갔다가 굶어 죽으면 어떡하지. 내 날개는 이렇게나 작은데 얼마 날지도 못하고 잡아먹히면 어떡하지. 무서웠다. 여기서 버티면 매일 먹을 밥도 주고 나중에는 답답하지 않게 커다란 새장도 준다는데 혼자 살아갈 능력도 없으면서 이곳을 벗어나는 게 과연 맞는 일일까. 생각하면 생각할수록 내가 진짜 원하는 것이 무엇인지 헷갈린다. 나는 새장 안에 갇혀 있는 길들여진 새다. 변명을 지저귀는 작고 통통한 새 한 마리다. 🐾

아름답지만 무서운 새장 밖 세상.

퇴근길의
라일락 꽃향기

꽃이 만개했다. 아름다운 봄이다. 계절과 상관없이 하루의 무게는 무겁지만 봄이 되면 그 짐이 조금은 가벼워진 기분이다. 빡빡한 하루를 보내고 집으로 돌아오는 길. 천천히 땅바닥만 쳐다보며 걷다가 꽃향기에 고개를 들었다. 라일락이다. 아파트 너머로 보름달이 환하게 떠 있다. 달빛 아래 꽃향기가 진동하는 풀숲에서 요정이라도 튀어나올 것 같은 순간이었다. 머리에는 라일락 꽃을 달고 등에는 초록색 날개를 펄럭이는 라일락 요정. 뒤뚱뒤뚱 내게 다가와 어서 가자고 작은 손을 내민다. 요정을 따라 익숙하지만 낯선 문을 열고 들어가니 귀엽고 통통한 요정들이 나를 반겨준다. 평범한 퇴근길을 환상으로 만들어주는 마법의 라일락 향기. 🐾

일상을 환상으로 만들어주는 라일락 향기

기적의 고양이,
양양이

기다란 털의 삼색 고양이를 한여름 퇴근길에 만났다. 지금 생각하면 모든 게 다 그렇게 될 예정이었나 싶다. 이미 키우고 있던 고양이 세 마리만으로도 부담이 돼서 아무리 불쌍한 길고양이라도 집으로 데려오기가 어려웠다. 하지만 알 수 없는 힘에 이끌려 양양이를 집으로 데려왔다.

건강검진을 위해 찾아간 동물병원에서 중성화수술을 받은 것 같다는 이야기에 어디선가 주인이 양양이를 찾고 있을 것 같은 예감이 들었다.

예쁜아,
너는 어디서
왔니?

야옹

길 고양이
같지는
않은데…

네?

그 고양이
동네 할머니들이
밥 주는 고양이야.
집 없어.

아가씨가
좀 데려가.
성격이 좋아.

부비부비

...

　인터넷 고양이 카페를 뒤지다 생각보다 쉽게 양양이를 찾는다는 글을 봤다. 놀랍게도 양양이는 무려 2년 전에 집을 나온 고양이였다. 성격이 좋아서인지 외모가 예뻐서인지 이유는 알 수 없지만 2년 동안 아파트 단지에서 할머니들이 주는 밥을 먹으며 건강하게 지냈다. 양양이의 주인은 오래전 멀리 이사를 갔지만 다행히 한번에 통화가 됐다. 전화기 건너편 양양이 주인분의 목소리가 떨렸다. 이틀도 아니고 2주도 아닌 2년. 애타게 찾았지만 돌아오지 않는 고양이. 긴 시간이 흘러 결국 양양이를 포기해야만 했는데 갑자기 전화가 걸려와 양양이가 살아 있다고 알려주다니.

　비가 많이 오던 날 양양이는 주인의 곁으로 돌아갔다. 그날 나는 갑자기 일이 생겨 양양이와 작별 인사는 나누지 못했다.

...

　　퇴근하고 집에 돌아오니 양양이 대신 주인이 고마움의 표시로 두고 간 20만 원이 있었다. 양양이의 병원비로 10만 원이 나왔을 때 내 고양이도 아닌데 이상하게 하나도 아깝지가 않았다. 이렇게 두 배로 돌려받으려고 그랬나. 양양이가 집을 나온 것도, 처음 보는 나에게 적극적으로 안긴 것도, 내가 양양이를 안아든 것도, 양양이가 집으로 돌아간 것도. 그래서 모든 희망이 다 사라진 것 같을 때마다 내가 기적의 고양이 양양이를 떠올리는 것도 모든 게 다 그렇게 될 예정이었나 싶다. 🐾

양양

기적의 고양이, 양양

오늘도 변명하고
아파하고

나를 바라보는 수많은 눈망울을 지나쳤다. 마음에서는 폭풍이 일었지만 이런저런 변명거리를 방패삼아 그들 앞에서 얼굴을 돌렸다. 몇 발자국 걷다 뒤를 돌아봤다. 그 눈망울이 그 자리에서 사라지면 안도감이 들었다.

그럴 때마다 나는 커다란 앞치마가 있으면 좋겠다고 생각했다. 주인 잃은 개를 가볍게 안아 주머니에 쏙 집어넣고 싶었다. 내 눈길을 아프게 사로잡는 것들을 모두 다 넣을 수 있을 만큼 거대한 주머니를 가진 앞치마. 내가 할 수 있는 일, 할 수 없는 일. 내가 가진 것, 가지지 못한 것. 내 우유부단함, 두려움, 죄책감, 약한 마음을 감춰버릴 수 있는 커다란 앞치마. 하지만 세상에 그런 앞치마는 없으니 나는 오늘도 지나치고 변명하고 가슴만 아파한다. 🐾

그동안 내가 지나쳐버렸던
것들이 떠올랐다.

그들은 모두 맑은 눈으로
나를 바라보고 있었다.

내가 지나친 것들….

봄 고 양 이

4월 추정

5월 추정

코깜이와 진고는 봄에 태어난
봄고양이.

가 을 고 양 이

10월 추정

10월 30일
(오묘 츰 유일한 집고양이 출신)

호순이와 고로는 가을에 태어난
가을 고양이다.

언제
태어났는지는
비밀.

동동이는 다 큰 상태로 구조되어
아쉽게도 어느 계절의 고양이인지
알 수가 없다.

계절과 고양이를 그림에 담는다.

모든 계절의
고양이

아카시아 향이 온 산 가득했던 날
빨간 장미가 담벼락을 우아하게 수놓고 있던 날일지도 몰라.
반짝이는 봄의 햇살 아래서 태어난 너는 봄고양이
다정하고 수줍음 많은 나의 봄고양이.

빨갛고 노란 이파리가 하나둘씩 떨어지던 날
갑자기 차가워진 공기에
알지 못하는 곳에 대한 그리움이 떠오른 날일지도 몰라.
맑디맑은 가을하늘 아래서 태어난 너는 가을고양이
우아하고 아름다운 나의 가을고양이.

어쩌면 너는 여린 잎사귀, 짙은 녹음

바싹 마른 단풍잎, 텅 비어버린 나뭇가지.

커다랗고 깊은 눈을 가진 너는 나의 모든 계절의 고양이. 🐾

봄에는 봄 고양이를

가을에는
가을 고양이를
그린다.

태어난 계절을
알 수 없는
동동이에게는
특별히 모든 계절을
다 그려줄게.

서로를
끌어안는다

사람인 나와
고양이인 너는
서로를 그리워한다.

상처받은 마음에 힘들어하던 내가
아픈 몸으로 바스락거리던 너를

한껏 겁에 질려 날카롭던 네가
내일이 오는 게 무서웠던 나를

사람인 나와 고양이인 네가
그렇게 서로를 끌어안고

메마르고 매서운 모래바람 같던
시간을 건너

너와 내가
결국은 만날 수밖에 없는 우리가

사람인 나와
고양이인 네가
서로를 끌어안는다. 🐾

매일 아침 맞이하는 이별의 순간.

견우는 동쪽에서 밭을 갈고

직녀는 서쪽에서 베를 짠다.

1년 같은 하루   서로를 그리워하다가

감격의 재회를 한다.

매일 밤이 눈물의 칠석이로다.

나는 고양이가 다섯 마리나 있는 고양이 부자.

하지만 고양이 다섯 마리로도
채워지지 않는 허전함이 있다.

그것은 바로 함께하는 산책.

같이 산책하고
싶어

고양이 부자인 나에게도 채워지지 않은 빈자리가 있다. 공원으로 산책을 나가서 만나는 개와 사람을 볼 때마다 가슴에 구멍이 난 듯 바람이 송송 드나든다. 나도 고양이와 같이 산책을 나가고 싶다. 봄이 오면 꽃구경, 가을이 오면 단풍구경을 고양이들과 함께하고 싶다. 다정하게 종종거리며 주인 옆에 꼭 붙어 다니는 개를 볼 때마다 부러워서 눈을 떼지 못하겠다. 집에 고양이가 다섯 마리나 있으면 뭐하나 대부분의 집고양이에게 산책이란 불가능한 일이다. 그래서 나는 오늘도 혼자 산책을 한다. 그림을 그린다. 파란 하늘 눈부신 태양 아래 꽃들이 가득한 그림 속 한가운데에 나와 고양이들이 있다.

가라 고양이들아
봄의 한가운데로

뾰족한 시간에
찔리지 않기

모든 일에는 끝이 있다는 것이 슬프기보다는 다행이라고 생각하는 날이 늘어간다. 달콤한 꿈에서 깨면 가슴이 무겁다. 오늘 하루 걸어야 할 그 많고 무거운 발걸음이 걷기도 전에 나를 누른다. 몸을 억지로 일으켜 출근 준비를 한다. 꽉 찬 버스에서 이리저리 흔들리는 것부터가 높고 험한 산이다. 집을 떠나 사무실에 나를 밀어 넣는 과정도 직장에서 보내야 하는 시간도 뾰족하다. 정신을 똑바로 차리고 있어도 찔리기 일쑤인 시간은 참 느리게 흐른다. 그렇게 억지로 내딛은 한 걸음이 다음 걸음이 되어 비록 느리고 힘들게 걸음을 이어갈지언정 언젠가는 하루의 끝에 다다르게 된다. 끝이 다가올수록 다리는 무거워지고 눈이 감겨오지만 마음은 가벼워진다. 하루가 저물고 있다. 🐾

일주일에 세 번씩 요가를 하는데

직장을 다니다 보니 일주일에
한두 번 하는 것도 힘들다.

모든 동작을 다 마치고 매트 위에 누우면
오늘 하루가 떠오른다.

어느 하나

쉬운 발걸음이 없던

오늘 하루가

머릿속을 스쳐간다.

마침내 하루의 끝이 나를
기다리고 있다.

고양이
왕자

나이도 제일 많고 덩치도 제일 크지만 진고는 다섯 마리 고양이 중 서열 꼴찌다. 그런 진고가 아팠다. 입을 꾹 다물고 아무것도 먹지 않았다. 억지로 먹여도 금방 토했다. 기운이 없어 방구석에 축 늘어져 있었다. 상태가 심해져 수액을 놓고 식욕촉진제를 먹이는 지경에 이르렀다. 온 집안이 진고를 중심으로 돌아갔다. 바보같이 순해서 동생들에게 당하기만 하던 진고는 아프고 나서야 우리 집 고양이 왕자로 등극했다.

그러다 어느 날 한밤중에 진고의 입맛이 돌아왔다. 배가 고프다고 밥을 달라고 빈 캔을 뒤적거렸다. 스스로 캔을 먹는 모습을 보자마자 안도하는 마음이 들었다. 이제 다 됐다. 자, 이제 너의 왕관을 반납하렴. 아파서 얻은 왕관 없이도 이제 넌 영원히 우리 집 고양이 왕자야. 🐾

진고가 아팠다.

우리 집에서 가장 무거운 진고를 데리고
병원에 갔다.

의사 선생님 말씀에

진수성찬을 대접하고

서열 꼴찌인 진고를 보호하고

24시간 밀착 간호.

그렇게 진고는 우리 집 고양이 왕자가 되었다.

왕자님의 시중을 들다 지친 어느 날

반가운 소리가 들렸다.

진고가 식욕을 회복했다.

아프지 않아도 진고는 우리 집 고양이 왕자!

아프지 않아도 진고는 우리집 고양이 왕자

우리 집 아이돌은
나야 나!

내가 살아생전 이렇게 열광적이고 순수하며 집요하기까지 한 사랑을 받은 적이 있던가. 과분한 사랑이다. 퇴근 후 문을 열면 다섯 마리가 우르르 몰려나온다. 깊은 잠에 빠질 때를 제외하면 우리 집 고양이의 일과는 나를 중심으로 돌아간다. 화장실에서조차 자유를 누릴 수가 없다. 서로 무릎 위에 올라오겠다고 아우성이다. 잘 때도 고양이에게 둘러싸인다. 방 안에 들일 수 없는 진고와 동동이는 문을 열어달라고 방문 앞에서 진을 치고 있다.

퇴근 후 풍경.

화장실에서조차 내 인기는 최고다.

잘 때도 부담스러울 정도로 사랑받지만

밥을 줄 때가 인기의 최절정이다.

. . .

　매일이 아이돌의 최전성기 같은 나날이다. 전생이 있다면 난 분명 엄청 좋은 일을 많이 한 것 같다. 그렇지 않고서는 이런 인기와 사랑을 받는 것은 불가능하다. 난 초심을 지킬 것이다. 어떻게 얻은 인기인데. 절대 교만하지 않겠다. 팬들의 사랑을 겸손하게 받아들이는 스타가 될 것이다. 사랑과 인기를 잃고 싶지 않다. 언제나 영원히 우리 집 최고 스타이고 싶다. 🐾

내가 세상에서 제일 사랑받는 곳, 우리 집

예의 바르고 상냥한 진고로호 씨에게

비밀이 있다.

꼬리꼬리한 고양이 발바닥 냄새에서

마음의 평화를 얻는다.

고소한
발바닥 냄새

나는 보통은 예의 바르고 조심스럽고 상냥한 사람이지만 집에 오면 우스꽝스러워진다. 이상해진다. 부끄러움을 잊어버린다. 사실 나는 고양이 발바닥에 뽀뽀하는 걸 좋아한다. 꼬리꼬리하면서도 고소한 발바닥 냄새에 중독됐다. 나이에 걸맞지 않게 아기 목소리로 고양이들한테 말을 건다. 아양을 떨었다가 잔소리를 했다가 잘도 논다.

고양이는 똥꼬조차 사랑스럽다고 생각한다. 한참을 귀엽다고 깔깔거리면서 뒤태를 감상한다. 그러다가도 애들이 말썽을 부리면 상냥함은 저리 치우고 버럭버럭 소리를 지른다. 점잖지 못하다. 하지만 고양이들도 만만치 않은걸. 깔끔했다가도 더럽고 귀엽다가도 바보 같고 얌전하다가도 광기에 넘친 우다다를 하는 녀석들. 이상하고 우스꽝스럽고 부끄럽지 않은 우리. 🐾

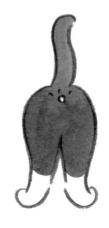

고양이 똥꼬가

세상에서 제일 귀여운 똥꼬라고
생각한다.

고양이의 은밀한 사생활을
관찰한다.

그렇다! 진고로호 씨는
변태였던 것이다.

우리는 그저 서로를 깊이 사랑할 뿐.

어떤
명언

쓰고 지우고 쓰고 지우길 반복하다 겨우 한 문장을 남긴다.

고양이에게는 인간이 불행이고 인간이 희망이다. 🐾

세상에는
사랑받는 고양이도 있지만

버려지거나 괴롭힘을 당하는
고양이도 많다.

화가 치밀어 올라 또 고양이신을 찾았다.

고통받는 고양이에 대해 따지는
내 앞에서

고양이신은 난감한 듯 얼굴을
씰룩이더니

내 귀에 속삭였다.

고양이신이 말했다.

"고양이의 안위는 인간에게 달렸다."

알레르기를 이기는
사랑

재채기가 한 번 나오면 발작처럼 멈추지 않는다. 재채기가 지나가고 나면 콧물이 터진다. 내 몸에 이렇게 많은 수분이 있나 싶을 정도로, 코를 아무리 풀어도 콧물이 줄줄 흐른다. 집에서도 버스에서도 사무실에서도 갑자기 터지는 비염 증상 때문에 항상 휴지를 챙겨 다닌다.

가끔은 눈이 퉁퉁 붓기도 한다. 코깜이가 내 얼굴에 다정하게 부비부비를 하고 나면 얼굴이 간지럽고 빨개진다. 증상이 심해질 때마다 이비인후과를 찾았는데 원인을 알아야 효과적인 치료를 할 수 있다며 의사 선생님이 매번 알레르기 검사를 권유했다. 이게 다 고양이 때문이라는 것을 알지만 내 눈으로 그 사실을 확인하고 싶지는 않았다. 그렇게 몇 년을 미루다 얼마 전에 몸이 너무 안 좋아져서 결국 알레르기 검사를 받았다. 양쪽 팔에 알레르기 유발 물질을 바르는데 두 부분이 시약을 바르자마자 간지럽고 빨개졌다. 아니나 다를까 고양이털, 개털이 강한 알레르기 반응을 유발했다. 혈액검사 결과도 마찬가지였다.

집에 고양이가 있다고 하자 선생님은 고양이도 가족이니 당장
어떻게 할 수는 없지만 가능하면 고양이를 키우지 않는 게 좋겠다
고 했다. 희미하게 고개를 끄덕이고 병원을 나왔다. 고양이가 없는
삶을 생각했다. 나에게 그것은 빛도 그림자도 없는 삶이다.

고양이와 함께 사는 기쁨의 빛 아래 드리워진 비염이라는 그림자.

깨끗하고 조용하고 홀가분한 삶이 될 수는 있겠지만 보드라움
도 웃음도 가끔은 심장이 덜컹하는 놀람도 없는 날이 될 것이다. 죽
을 때까지 고양이와 함께 살 거라고 장담할 수는 없지만 적어도 지
금 나와 함께하고 있는 다섯 마리의 고양이들이 모두 무지개다리
를 건너갈 때까지 나는 그들과 함께할 것이다. 비염으로 콧물이 강
을 이룬다 해도. 🐾

정말 고양이
키우고 싶어?

고양이를 키우고 싶어 하는 사람들을 종종 만난다. 내가 고양이와 함께 살고 있다고 말하면 그들은 눈을 반짝이며 얼굴에 진심을 담아 자기도 고양이를 키우고 싶다고 한다. 고양이를 좋아하는 사람을 만나는 것은 기쁜 일이지만 고양이를 키우고 싶다는 소리에 나도 모르게 "고양이 키우면 안 돼요"란 말이 먼저 나온다. 이 좋은 고양이 나 혼자 키울 거야, 이런 못된 심보는 아니다. 지난 11년간 고양이와 함께해서 행복했지만 그만큼 감내해야 할 몸고생 마음고생 그리고 돈고생이 있기 때문이다. 고양이를 키우면서 힘들었던 일을 지겨울 만큼 듣고 나서도 여전히 눈이 반짝이면 그제야 고양이와 함께 살 수 있어서 정말 행복하다고 말해준다.

누가 고양이를 키우고 싶다고 말하면
나는 먼저 반대를 한다.

그것은 밥상에 숟가락 하나 더
올리는 일이 아니다.

돈이 많이 드는 일이며

자유를 속박하는 일이다.

큰 책임감을 요하는 일이며   심지어 주위에서 인정받지 못하는 일이 될 수도 있다.

중간에 그만둘 거라면 애초에 시작을 하지 말아야 할 일이다.

고양이가 주는 찬란한 빛과 어두운 그림자를 모두 끌어안을 수 있는 그들에게 언젠가 운명의 고양이가 나타나길. 그리고 그 길에 아름다운 빛과 그림자가 드리우길 바란다. 🐾

그럼에도 불구하고 고양이와 함께 하게 된 당신의 삶에
아름다운 빛과 그림자가 드리워지길.

우리 집 애들이
달라졌어요

전쟁 같던 시간이 있었다. 나는 매일 화가 났고 고양이들은 서로 싸우고 밤새 울었다. 내 한 몸 간수하기도 힘든데 어쩌자고 고양이를 다섯 마리나 거두게 됐는지 후회도 했다. 울고 불며 나를 볶아대는 털북숭이들 때문에 삶이 더 힘들게 느껴졌다. 내가 화를 낼수록 상황은 더 심해졌다. 나는 고양이를 사랑했지만 다섯 마리를 온전히 마음속에 품지 못했다. 내 화가 그들을 불안하게 했고 그래서 유별나게 구는 고양이들이 다시 나를 화나게 했다. 악순환의 원인이 고양이보다는 나한테 있다는 사실을 깨닫고 달라지기 위해 노력했다.

아이가 달라진다는
TV 프로그램을 시청했다.

나의 지난날이 떠올랐다.

변명을 하자면 일적으로도 개인적으로도
많이 힘들었다.

그래서 항상 화가 나 있었다.

아이가 난폭해진 원인은 부모였음을 깨달은
TV 속의 엄마도 울고 나도 울었다.

고양이를 사랑하는 만큼

인내하고

칭찬을 하기로 결심했다.

...

　밤에 울어대는 애들을 혼내지 않고 쓰다듬고 진정시켰다. 알아듣든 말든 애들에게 칭찬을 했다. 사랑한다고 자주 말했다. 말썽을 피워도 화를 내지 않으려고 했다.

　효과는 바로 나타나지 않았다. 하지만 그런 날들이 더해지고 더해져 지금은 많이 편안해졌다. 고양이가 먼저 달라질 수는 없는 노릇. 내가 먼저 달라졌더니 고양이도 달라졌다. 아직도 밤에 울고 서로 가끔 싸우지만 우리 집에 드디어 질서가 잡혔다. 평화가 찾아왔다. 우리는 달라졌다. 🐾

퇴근 말고
퇴사

한동안 이상했다. 갑자기 사무실이 다닐 만하다고 느껴졌다. 힘들지만 감당할 수 있다, 당연히 내가 해야 하는 일이다, 이런 생각이 들었다. 그전까지는 한결같이 출근하는 것이 괴로웠는데 어찌된 영문인지 모르겠다. 그렇다고 업무 강도가 수월해진 것도 아니다. 사무실은 그대로 짜증나는 일투성이였다. 항상 도망가고 싶다고 생각했는데 그런 마음이 사라지니 괴롭지 않아서 좋았다. 그림으로 먹고살 만큼 재능이 있는 것도 아닌데 지금처럼 직장에서 버틸 수 있다면 매달 나오는 월급에 기대어 살아볼까 싶었다. 힘들게 일하고 파김치가 된 몸으로 밤에 그림을 그리는 것도 지겨웠다.

...

열심히 저축해서 햇빛이 잘 드는 남향 아파트로 이사도 가고 싶었다. 딸이 툭하면 직장 그만두고 그림만 그리겠다고 난리를 치는 바람에 항상 가슴 졸이고 계신 부모님의 마음도 편하게 해드리고 싶었다.

열심히 일하고 퇴근해서는 맥주 한 캔을 마시고 일찍 잠을 잤다. 다음 날이 되면 또 출근을 했다. 되도록 생각이란 걸 하지 않으려고 했다. 많은 사람들이 다 이렇게 살아간다, 내가 뭐라고 다른 꿈을 꾼단 말인가. 잘 버티고 있었다. 그런데 이러다가 영영 버틸 수 있지도 모른다는 예감이 들수록 마음 한구석이 글썽거렸다. 내가 좋아하는 방식으로 살아보기 위해 얇은 지느러미를 파닥거리는 노력조차 포기한 내 모습이 슬펐다. 현실에 순응해버린 내 모습이 서글펐다. 그러던 어느 날 야근이 하루 이틀 삼일째 반복되고 간절히 기다렸던 토요일조차 연달아 출근해야 했던 날, 더 이상 막을 수 없는 피곤과 짜증으로 나는 폭발했다. 버틸 수 있다는 생각이 나의 착각이었음을 깨달았다. 어떻게 이렇게 평생을 살 수 있겠어, 라는 절망감에 얼굴을 구겼지만 마음속으로 웃었다.

이곳에서 버틸 수 없다면 미래는 불안할 것이다. 하지만 주저앉고 말았다는 서글픔은 떨쳐낼 수 없을 것이다. 견딜 수 없음이 나를 다른 길로 나아가게 하는 원동력이 되기를 바라며. 🐾

야근 1일차   야근 2일차   야근 3일차

이건 아닌 것 같아!

네가 나의
단짝이라면

홍콩을 다녀왔다. 한국에서 단짝 친구와 같이 여행을 온 사람들을 많이 봤다. 그 모습을 보니 엄마에게 맡기고 온 호순이가 그리웠다. 호순이는 고양이, 나는 사람이지만 우리는 많이 닮았다. 둘 다 겁도 호기심도 많다. 식탐이 있는 것도 닮았다. 내가 생크림 케이크를 먹으면 호순이도 날름날름 크림을 핥아 먹는다. 커피를 내리면 고양이 주제에 커피까지 마시겠다고 컵에 코를 박는다. 고양이에게 카페인은 독이라서 함께 나눌 수 없는 것이 안타깝다. 화장품은 또 얼마나 좋아하는지 내가 바디로션을 바르면 팔이며 다리며 싹싹 핥으려고 해서 로션을 바른 후에는 항상 호순이를 피해 도망 다닌다.

홍콩 여행을 다녀왔다.

호순아….

호순이는
나처럼 호기심도 많고

먹을 것도 좋아한다.

취향이 비슷한 우리가 같이
홍콩에 왔다면

어느 누구보다 서로에게
좋은 여행 친구가 되었을 텐데.

가끔은 성격도 취향도 닮은 호순이와 친구처럼 같이 여행을 하면 얼마나 좋을까 상상한다. 둘이 사이좋게 팔짱을 끼고 홍콩 거리를 걷고 싶다. 둘 다 눈이 휘둥그레져 이국적인 거리를 구경하고, 낯설지만 홍콩 냄새가 물씬 나는 완탕면을 먹고, 커피를 마시고 싶다. 이루어질 수 없다는 것을 잘 알기에 더 간절하게 머릿속에 그려보는 너와 나의 여행. 🐾

얼마나 좋을까, 너와 함께 떠나는 여행.

결혼식
로망

꽃이 만개하는 5월의 어느 날. 비 온 뒤라 하늘이 눈부시게 파란 날. 시원하게 부는 바람에서 달콤한 꽃향기와 가을의 청량함이 모두 풍기는 날. 봄과 가을이 뒤섞인 듯한 날에 열리는 작고 소박한 결혼식에 대한 로망이 있다. 결혼식장은 들꽃으로 장식하고 신부와 신랑은 화려하지 않지만 사랑스러운 옷을 입고 팔짱을 낀다. 신랑은 얼굴에서 함박웃음이 떠나지 않고 신부는 들뜬 마음을 감출 수 없다. 살짝살짝 마주치는 눈길만으로도 사랑이 넘쳐난다. 둘이 만나 하나로 살아가는 길에 비도 내리고 거센 바람도 불겠지만 봄과 가을이 만난 것처럼 때론 눈부시고 따뜻하게 때론 청명하고 시원한 날들이 축복처럼 펼쳐지면 좋겠다.

사무실에서 화장실을 다녀올 때마다 물끄러미 바라보던 누렁이.

못생겨서 더 사랑스러웠던 누렁이가 어느 날부터 보이지 않았다.

주인 잃은 개집과 바닥에 나뒹굴고 있는 개줄

그리고 빈 밥그릇이 슬펐다.

단 한 번도 예쁘다고 쓰다듬어주지 못했다.

며칠을 빈자리를 볼 때마다 속이 쓰려

일부러 창 너머를 바라보지 않았다.

누렁이가 떠나고 그 자리에 하얀 강아지가 들어왔다.

이 책을 준비하는 동안 강아지는 큰 개가 되었다.

그동안 내가 할 수 있는 일을 했다.

희망을 잃지 않을 것.

기억할 것.

희망을 가지고 기억하고 싶은 것들을 기록할 것.

작고 보잘것없어 보여도 그 이야기를 소중히 간직할 것.

누렁이 때처럼 후회하고 싶지 않아서

앞집 개의 주인에게 말을 걸었다.

"강아지가 다 컸네요.

너무 귀여워서 그러는데 만져봐도 될까요?"

컹컹 큰 소리로 짖어대던 하얀 개는 막상 다가가서 손을 내미니

꼬리를 흔들며 나를 환영해줬다.

'하얀 개야. 참 착하고 예쁘다.

묶여 있지만 건강해라. 행복해라.'

이마를 쓰다듬으며 속삭여줬다.

살아서 꼼지락거리는 것들을 따뜻하게 바라보겠다고 결심했다.

진고, 고로, 호순이, 동동, 코깜이까지 나의 다섯 마리 고양이

누렁이와 하얀 개

고양이처럼 따듯하고 강아지처럼 다정한 슴

그리고 작은 것을 사랑하는 모든 이에게

언제까지고 손을 내밀고 싶다.

퇴근 후 고양이랑 한잔
나를 위로하는 보드라운 시간

초판 1쇄 발행일 2017년   9월 15일
초판 2쇄 발행일 2017년 10월 27일

지은이   진고로호
펴낸이   정은영
기획편집   고은주
디자인   책은우주다

펴낸 곳   꿈지락
출판등록   2001년 11월 28일 제2001-000259호
주소   서울시 마포구 성지길 54
전화   편집부 02) 324-2347 경영지원부 02) 325-6047
팩스   편집부 02) 324-2348 경영지원부 02) 2648-1311
이메일   spacenote@jamobook.com
ISBN   978-89-544-3791-2 (03810)

• 잘못된 책은 구입처에서 교환해드립니다.
• 저자와의 협의하에 인지는 붙이지 않습니다.
• 꿈지락은 "마음을 움직이는(感) 즐거운(樂) 지식을 담는(知)" (주)자음과모음의 실용에세이 브랜드입니다.

이 도서의 국립중앙도서관 출판예정도서목록(CIP)은 서지정보유통지원시스템 홈페이지
(http://seoji.nl.go.kr)와 국가자료공동목록시스템(http://www.nl.go.kr/kolisnet)에서
이용하실 수 있습니다.(CIP제어번호: CIP2017019263)